Maybe Love

高岡ミズミ

幻冬舎ルチル文庫

CONTENTS ✦目次✦ Maybe Love

✦カバーデザイン＝久保宏夏（omochi design）
✦ブックデザイン＝まるか工房

イラスト・陸裕千景子✦

Maybe Love

1

ダンボールの積まれた六畳和室の真ん中で、安曇野比呂《あずみのひろ》は深いため息をこぼした。四月に入ったばかりの今日、この日。本来ならば意気揚々と、間もなくスタートする新学期の準備に追われているはずだった。

前年度は持ち上がりで四年生の担任をしていた比呂は、子どもたちから「五年生になっても比呂先生がいいな」なんて言われていい気分になっていたのに。

生徒たちの受けは、そこそこよかった。ファンクラブなるものがあったくらいだから、あながち勘違いというわけでもないだろう。

ハイティーンの売れっ子アイドルの名前を出してきて、「先生のほうが可愛《かわい》い」なんて言ってくる子もいた。

二十五歳の身では喜んでいいやら哀《かな》しんでいいやらわからないが、全体的に小造りな造作に、くっきりした二重の切れ長の目とくれば童顔と言われても仕方ないので、何事もいい意味に受け止めることにしている。

もちろん、外見だけの人気だとは思ってはいない。比呂は比呂なりに、一生懸命生徒たちのことを考えてきたつもりだ。悩みを相談されれば一緒になって考えたし、少しでもクラスがまとまるように、いろいろな努力もしてきた。

だから「五年生になっても比呂先生がいいな」というのは、比呂にとってはなにより嬉しい言葉だったのだ。

が。

突然の転任だ。

これっぽっちも予測していなかったため、校長から内示を受けたときには、頭の中が真っ白になった。いずれはそういうこともあるだろうと思ってはいても、今年だとは考えてもいなかった。

それゆえ、三月二十九日の離任式の日、講堂で生徒たちに花束を手渡されたときには寂しさのあまり、

「先生、向こうの学校に行っても私たちのことを忘れないでください」

代表の子の言葉に思わず、

「忘れない。絶対に忘れないよ」

と、半ベソを掻《か》きながら何度も頷《うなず》いてしまったのだ。

いま思い出しても恥ずかしくて穴があったら入りたい衝動に駆られるが、もうあの学校の生徒や先生たちと会うことはない。

見ず知らずの土地にやってきた。

昼に町へ入り、あらかじめ用意してもらったアパートにほんの一時間前に着いたばかりだ。その後、先に届いていた荷物の中で片づけもせず、一時間ほど無駄に過ごしてしまったというわけだった。

引越しとはいっても、ひとりなので荷物は少なく、その気になればすぐに片づくだろう。だが、動く気になれない。途方に暮れている、とでも言えばいいのか。

一応気持ちの整理をつけてきたとはいえ、まさか赴任先がこれほど田舎——もとい自然に恵まれた土地だとは思いもしなかった。

天神《てんじん》町立天神小学校。

それが比呂の新しい赴任先である学校の名前だ。

四方をぐるりと山に囲まれた町、天神町。

田んぼに畑。豊かな緑。

一戸建ての日本家屋がほとんどで、五階建てのアパートでも高層ビルのごとく見える。どの家の庭にも蜜柑《みかん》だか柿だか無花果《いちじく》だかの木が植えられ、この町の空気はおそらくすばらしく澄んでいるだろうと窺《うかが》えた。なにもかもがくっきりと鮮明に見えるのはあながち思い込みでもないような、そんな気さえしてしまう。

山の中腹にある墓地の真下に位置するパチンコ屋が、異質に感じるほどだ。

たった一軒とはいえ、コンビニらしき店を発見したときには心底ほっとしたが、そこからアパート最寄りのバス停までの所要時間を思えば、安堵《あんど》してばかりもいられなかった。バスで十五分。とても気軽に買い物へというわけにもいかない距離だ。

都会生まれ都会育ちの比呂は、生まれてこの方、これほど田舎に足を踏み入れたことは一度もない。これまでいた学校も都会とは言わないが、人口十五万人の活気あふれる都市にあった。

徒歩でコンビニやレンタルビデオショップに行け、車で十分も走れば駅前のデパートでブランド物が手に入った。

外食がしたければ、今日は和食、あるいはイタリアン、中華も捨て難いと迷うのは普通で、せめて歩いて五分以内のところに銀行があればなあ、などと愚痴を洩《も》らしていたのが懐かしい。とんでもなく贅沢《ぜいたく》な悩みだった、とこうなってみてよくわかった。

たまには田舎でゆっくり命の洗濯でもしてみたいと友人と話したのは、つい半月ほど前のことだ。たまにどころか、いったいこれから何年この土地で洗濯をし続けなければならないのか、それを思えばどうしてもため息がこぼれてしまう。

しかし、比呂が何回何十回ため息をつこうと、現実は変わらない。この小さな町のたったひとつの小学校が、今後比呂の生活のほとんどを占める場所になったのだ。

一学年一クラスの小さな学校が、これまで比呂がいた千五百人規模の小学校とまったくちがうだろうことは想像するまでもない。

アパートに着く前、バスの中から目にした小学校は、こぢんまりとしていた。小高い山の麓《ふもと》の学校。小さな校舎と小さな校庭。右手が消防署で左手側には神社があった。目に焼きついている風景を頭の中で再現して、比呂はまたため息をこぼしそうになってかぶりを振った。

駄目だ。

いつまでもホームシックにかかっているわけにはいかない。赴任してきた以上、比呂のやるべきことは決まっているのだ。子どもたちが愉《たの》しく学校生活を送れるように、かつ少しでも勉強に意欲が出るように。

「……片づけ、やるかな」

今日から比呂の住処《すみか》となるこのさくら荘は、二階建ての四世帯アパートだ。比呂を除いて三世帯がすでに住んでいるが、洋室と和室のふた間しかないので住人は比呂と同じ独身者、もしくは少人数の家族だろう。

窓の外には、さくら荘の由来になっているらしい立派な桜の木が見える。空気のせいか土壌のせいか見事な枝ぶりで、窓の外は一面桜色に染まっている。

桜の木に視線を向けた、そのときだ。

比呂の視界を、ふいに人影がさえぎった。

「あ――あれ？」

男だ。比呂の部屋は二階なのに、なぜか男は目の前にいる。桜の精――のはずはないので、ちゃんとした人間なのだろう。

視線が合う。

いままさに桜から隣室の窓へと飛び移ろうとしている男が、比呂を見つけて一瞬目を見開き、次にはにっこりと人懐っこい笑みを浮かべてみせた。

「新しい住人って、きみのことか」

「え、あ、はい」

じっと見つめられて、なんだか居心地が悪くなる。

「そっか。へえ」

いったいこの男は、何者なのか。

男は枝を摑《つか》んでいないほうの手で、照れたように首の裏を掻いた。

「俺は二〇一号室に住んでる、東雲馨《しののめかおる》。二十七歳独身。よろしく」

二階の窓の向こうから挨拶《あいさつ》される。

「あ……安曇野比呂です」

比呂が名乗ると、男は比呂の名前を反芻《はんすう》した。

「安曇野比呂。比呂。きみにぴったりのいい名前だ」

いきなりこういう形で隣人と対面することになり、比呂としては少々面食らっていたのだが、そんなことは一切気にせず隣人東雲馨は、手にしていた袋を唐突に比呂に向かって差し出した。

「ほんのお近づきの印だ。ささ、早く受け取って」

「……なんなんですか」

「なにって、パチンコの景品だけど」

「パ、チンコ?」

促されるまま窓に近寄り、成り行きで袋を受け取る。

にっと馨が唇を左右に引いた。

「それではいずれまた。まったりと」

比呂が唖然《あぜん》とする中、隣人は羽織りの裾《すそ》をひるがえし、ひらりと隣室の窓へと飛び移り、消えていった。

残ったのは立派な桜の木だけだ。と思ったら、

「こら満智《まち》ィ! ひとん家上《ち》がり込んでグーグー寝てんじゃねえぞ」

薄い壁の向こうから、驚くほど明瞭な声が耳に届く。

「あ! すみませんっ。い、いま鍵開けるっす」

慌てた声は、若い男のものだ。なにかに躓《つまず》いたのか、ガシャンと大きな音が続いた。

「馬鹿野郎。もう遅《おせ》えんだよ。窓から入ってきただろ」

こちらは――たったいま会った東雲馨。

「で、パチンコの成果は？」

「決まってるだろ。上々よ」

馨の返答に、若者が手を叩《たた》いた。

「それはよかったっすね。で、その上々の景品はどこに？」

「ああ、それ？」

馨が得意げな声で先を続けた。

「じつは、いまお隣さんにプレゼントしてきた。ここだけの話だがな、満智。これがえらく別嬪《べっぴん》で、久々に胸がときめいちゃったよ。俺」

ここだけと断ったにしてはまったく声をひそめるつもりもないようで、一言一句明確に聞こえてくる。

「え、プレゼントって――ぜんぶっすか？」

「ああ、当然だろ」

「俺の頼んだラーメンは……」

「おまえねえ、そんなみみっちいこと言ってくれるなよ。男だったらぜんぶに決まってるだろ」

いったい、どうなっているのだろう。冷蔵庫を開閉する音まで比呂の耳に届く。

「ま、まさか兄貴、それは一目惚れってヤツじゃ……」

若者が興奮ぎみに口にした。

「ああ、まさにそれだ。目が合った瞬間、俺の頭の中でベルが鳴り響いたね」

馨の声は弾んでいる。

「マジっすか！　すげえ。兄貴のお眼鏡《めがね》に適《かな》うなんてよっぽど美人なんでしょうね」

「おまえね、だから最初からそう言ってるだろ」

はっきりと洩れてくる会話を耳にしながら、呆然《ぼうぜん》とする。口をぽかりと開けたまま、比呂は目を瞬《しばたた》かせる。

別嬪、美人はこの際どうでもいい。些細《ささい》なことだ。一目惚れも聞かなかったことにしよう。

その手の冗談は、なにも初めてというわけではない。

「なんとこれがうちのばあさんにそっくりなんだわ。な、運命を感じるだろ？」

「えー、マジっすか」

ばあさんに、と言われたことにも、失礼だと思うものの目くじらを立てるつもりはない。

問題は、他にある。この筒抜け具合だ。これほど隣人の会話が聞こえるなら、電話の内容どころか、くしゃみの数まで知られてしまう。おちおち寝言も口走れない。

どうやらさくら荘ではプライバシーのプの字も期待できそうにないし、しかも隣人はそれをまったく意に介しそうにない男のようだ。

ついさっき遭遇した馨を、比呂は脳裏によみがえらせる。

髪はやや長めでさらさらだった。お日様が当たって、天使の輪ができていた。

顔は――じっと見たわけではないが、整っていたような気がする。二重瞼《まぶた》に、まっすぐな鼻筋、人懐っこい笑みは魅力的で、女性受けがよさそうだ。

声もなかなかよかった。切れのいい、よく通る声だ。だからこそ、壁を通してこれほどはっきり聞こえるのだろう。

と、いいことだらけのようだが、いただけないのはその出で立ちだった。

シャツの上に引っかけていたアレは――女物の羽織りだ。桜色の地に、鶴が右から左に飛び立とうとしている姿が巧みに描いてあった。なぜ彼がそんな格好をしているのか知る由《よし》もないが、まるで昔の女衒《ぜげん》のようだと比呂は思った。

二十七歳といえば比呂よりふたつ年上になる。

若いようにももっと年上のようにも見えた。

隣同士である以上無視はできないが、これまでつき合ったことのないようなタイプなのは確かで、あまり親しくすまいと警戒心を抱かせるには十分だった。

さっきもらった袋の中身を覗《のぞ》く。

缶詰にチョコレート、レンジでチンするスープや米飯が入っている。他にもハブラシにタオル、栄養ドリンク。それから、満智という若者が欲しがっていた、ラーメンもある。

こんなものをもらう理由はないが、むげに突き返すのも隣人関係に支障をきたしそうだ。後日、お返しはすべきかもしれない。そう考えながら、とりあえず袋の口を括《くく》ると部屋の隅へと置いた。

「……いいかげん、片づけるか」

あちこちに置きっぱなしのダンボールをぐるりと見回し、まずは目の前の箱から手をつけようとガムテープを剝《は》がす。そうする傍《かたわ》ら、またため息がこぼれた。

そのときだ。

「比呂～」

いきなり名前を呼んでくる者がいた。この声と馴《な》れ馴《な》れしさは――誰何《すいか》するまでもなかった。脱力しつつ、比呂はドアを開けた。

「……なんでしょうか」

そこに立っていたのは馨ひとりではなく、若い男も一緒だ。満智にちがいない。こちらは派手なアロハシャツを着ていて、まさに田舎のヤンキーそのものだ。いや、いまどきヤンキーだってここまで趣味は悪くないだろう。

童顔で、額にはにきびがいくつかあり、高校生のようにも見える。

桜色の羽織りを纏《まと》った百八十センチはあろうかという馨と、身長こそ百七十半ばと比呂と同じくらいだがアロハシャツを着た満智。

一種異様なふたりを前にして、腰が退けても誰も比呂を責めないはずだ。

「片づけを手伝おうと思ったんだ。ひとりじゃ大変だろ?」

「え」

意外な申し出に、馨を窺う。

馨が、にっこりと笑顔で頷いた。

「そ、人手は多いほうがいいだろ。三人でやればあっという間に終わるよ」

反して、満智が眉《まゆ》をひそめる。

「兄貴、別嬪別嬪って……男じゃないっすか」

満智の言い分はもっともだ。普通は、男相手に別嬪なんて言い方はしない。

「だったらなんだ。別嬪さんにはちがいねえだろ」

「まあ、そりゃそうっすけどね」

ふたりは話をしながら靴を脱ぐ。馨は草履《ぞうり》なので、比呂が我に返ったときにはすでに部屋の中に入り、ダンボールの前に屈《かが》み込んでいた。

「これは――ああ、本か。比呂、本はどこに片す?」

「あ、それは奥のほうの棚に……じゃなくて、手伝いは結構ですから」

辞退する間に満智も入ってきて、別のダンボールに手をかけた。

「これは、服か。タンスに入れていいっすか」

これほど堂々とした不法侵入者なんていない。

「おまえ、きちんとしまえよ」

「わかってますって」

「ちゃっちゃと終わらせるぞ」

啞然とする比呂に構わず、ふたりは片づけ始める。

部屋に勝手に入って、会ったばかりの人間の名前を親しげに連呼するなど比呂の認識する近所づき合いの範疇《はんちゅう》を超えている。

しかもいま確かに手伝いは結構ですと断ったはずなのに、このふたりはひとの話などまったく聞いていないのだ。

「待ってください！」

職業柄鍛えられた大声を、比呂は張り上げた。今度はふたりの手を止めるのに成功した。

これで、ようやく話ができる。

「お手伝いは結構です。ひとり分ですし」

「遠慮すんなって。お隣同士じゃないか」

もちろん馨のこの台詞《せりふ》も十分予測できていたので、できるだけ角が立たないように、かつきっぱりと辞退する。

「いいえ。とにかく荷物は自分でしまいます。どうぞお気遣いなく」

本来なら不法侵入者に愛想よくする必要はないが、なにぶん狭い町だからどんな噂《うわさ》を立てられるかわかったものではない。教師という立場上、噂は困る。

「そっか。そうだよな。他人にやられちゃ、どこになにがあるかわかんなくなるしな」

とりあえず話は通じたようで、ほっと胸を撫《な》で下ろした。

これでようやくおとなしく帰ってくれるだろう、やっと落ち着ける、などと思った比呂だが——。

「あ、じゃあさ。すぐそこにお好み焼きの店があるんだけど、あとで一緒に行こう。引越し祝いにご馳走《ちそう》するよ」

まるでグッドアイディアだと言わんばかりに、食事に誘われる。この男には遠回しな拒絶では通じなかったらしい。

こんな調子では、今日駄目だと断ったところで、「じゃあ、明日」と言われるのは目に見えている。忙しいからと適当に理由をつけてお茶を濁そうか。そもそも妙な格好をしたふたりと一緒にいるところを他人に見られること自体、教師としてはまずいのではないか。いや、それともここはやはり隣人として穏便にすませるべきか。

短い時間に思考を巡らせた比呂は、後者を選択した。

「じゃ、お言葉に甘えて」

そう答えると、馨は嬉しそうに笑った。初対面の相手に見せるような笑顔ではなく、ぱっの悪さを覚えて目をそらす。

「そうだ、外へ出るついでに近所の案内もしようか？　店とか、わかってたほうがなにかと便利だろ?」

「——そうですね。じゃ、お願いします」

結構ですという言葉を呑《の》み込《こ》んで、今日だけと胸中で自分に言い聞かせながら頷いた。

「よし。じゃ、荷物が片づいた頃を見計らって誘いにくるよ」

「はい」

引《ひ》き攣《つ》りそうになる頬《ほお》をなんとか堪《こら》え、馨と満智を送り出す。ドアが閉まったあと愚痴のひとつも吐いてやろうと思ったが、途中で思い直した。

危ない。隣に声が筒抜けだったのだ。陰口なんて叩いていることがバレては、教師としての比呂の印象が危ぶまれる。

口を固く閉じ、いまだ手つかずのダンボール箱を見た。

仕方がない。馨がまたやってくる前に片づけてしまおう。

手前の箱からまずは手を伸ばし、ガムテープを剝がして蓋《ふた》を開ける。中を覗くと、私物が入っていた。

「あ、これ……」

一番上にあったのはアルバム数冊だ。アルバムとはいってもカメラ屋でつけてもらった簡易的なものだが、中身は決して軽くはない。比呂にとっては教師生活の大事な思い出だし、貴重でもある。

ぱらぱらとページを捲《めく》るうちに、いつの間にか時間を忘れて見入ってしまっていた。

「ああ、そういや山田《やまだ》。四年の途中で転校になったんだよなあ。お別れ会でベソベソ泣いちゃって」

何人もが貰《もら》い泣きをした。あやうく比呂も仲間入りしそうになり、堪えるのに大変だった。

「なんだ。ちゃっかり肩組んでんじゃん」

杉浦《すぎうら》はクラス一可愛い谷野《やの》が好きで、いろいろ涙ぐましい努力をしてたっけ。ただそれがあまりに遠回しだったせいで、谷野は少しも気づかなかったのだけれど。

「……これは」

比呂は画用紙を取り出した。父の日にお父さんをみんなで描こうとしたときだった。

――お祖父《じい》さんでもお母さんでもお兄ちゃんでも、日頃お世話になっているひとを描きましょう。

母子家庭の子に、そう比呂は提案した。出来上がった絵を回収していき――杉山《すぎやま》から受け取った画用紙に、比呂は目を瞠《みは》った。そこには笑顔の人物と、「比呂先生」の文字があったのだ。

――これ……俺？

比呂の問いかけに、杉山は照れくさそうに笑った。

――うん。先生だよ。僕、お父さんいないし、先生大好きだから。

「……杉山」

いま思い出しても胸がじんとする。実際、あのときは嬉しくて、うっかり涙ぐんでしまったのだ。

「俺も杉山のこと、好きだったよ。この絵、ずっとずっと大切にするからな」

ぐすっと洟《はな》をすすりながら、比呂は画用紙をそっと撫でた。

本当にみんないい子だった。「このガキめ」なんて腹の中で悪態をつくことがなかったといえば嘘《うそ》になるが、みな根は優しい、友だち思いの子ばかりだった。

「あ、やば。ティッシュ」

いけない。すっかり湿っぽくなってしまった。

比呂は手近にあったティッシュを抜き取り、目許《めもと》を押さえる。同じティッシュで洟をかもうとしたとき、遠慮がちにドアがノックされた。

「比呂」と呼ぶ声が続く。

馨だ。ひとがせっかく思い出に浸っていたというのに――。

渋々ドアを開けると、そこには少し困った顔をした馨が立っていた。

「なんですか?」

ややそっけない口調になってしまったのはしようがない。大切な思い出を邪魔されたのだから。

馨はこめかみを掻きながら、部屋の中を見回し切り出してきた。

「やっぱり、手伝わせてくれないか」

断ったはずなのにと首を傾げたものの、

「いや、このままじゃ夜まで待っても片づきそうにないような気がして……もちろん勝手に触らないし、頼むから手伝わせてほしい」

どこか気まずそうにも見える馨の表情に、はたと気づく。

「……聞こえたんですね」

比呂が洟をすする音が隣室に届いたのだ。

「聞き耳を立ててたわけじゃないんだよ。誓って言うけど」

「わかってます」

すべては薄すぎる壁がいけないのだ。本人にその気がなくても、聞こえてしまうこの壁が。

この壁のせいで比呂の言動がすべて筒抜けになったのだ。

決まりの悪さに、捨て損ねた手の中のティッシュを握り締める。

「ご心配には及びません」

辞退した途端、ぐるるると盛大に腹が鳴った。そういえば、朝からなんにも口にしてなかったことを思い出す。感傷的になっていたせいで食べ物が喉《のど》を通らなかったのだが、馨の顔を見たら現実に直面せざるを得なくなり、腹も本来の働きを取り戻したようだ。

「片づけは置いといて、とりあえず先に食いにいくか」

馨の誘いを断る理由は見つからなかった。

「……そうですね」

結局片づけもすまないうちに、羽織りの背中を追いかけることになった。

さくら荘の前の細い一本道を抜けると、広い路地に出る。商店街らしく、お店が並んでいる。八百屋に魚屋、小さなスーパー。床屋、乾物屋、肉屋、文具店もある。

のんびりとした雰囲気はどこか懐かしく、新鮮な感じがした。

「ここのコロッケは人気でさ。すぐなくなるから欲しいときは早めに買いにこないとな」

「へえ、そうですか」

「で、ここが銭湯。時間帯によっては結構混むこともあるから、あとで一緒に行こうな」

「はあ。どうも」

相槌《あいづち》を打ちつつ、馨のあとをついて歩いていた比呂は、男湯女湯と掲げられている暖簾《のれん》を見て足を止めた。

まさか風呂なしアパートに住むなんて思っていなかった。今日から毎日この銭湯の世話にならなくてはいけないのだ。

教頭が用意したと聞いているが、せめて風呂は欲しかったと思う。

「どうした？　風呂に入るにはまだ早すぎると思うけど」

暖簾をじっと見ていた比呂に、数歩前を行く馨が肩越しに声をかけてくる。

「あ、はい」

比呂は銭湯の前を離れ、馨に追いついた。そこから数十メートルで目的地であるお好み焼き屋『阿比留《あびる》』に着く。

「あら～、馨ちゃん、今日はどうしたの？　素敵なお連れさんと一緒で」

暖簾をくぐるや否《いな》やそう言ってきたのは、五十すぎのふくよかな女性で、どうやら店主の伴侶《はんりょ》らしい。白い割烹着に白い三角巾をつけた姿はまるで給食のおばさんさながらだった。

給食のおばさんには世話になっているので自然に深々と頭を下げた比呂は、馨とともに一番奥のテーブルについた。

「おばちゃん。彼、俺の隣に引越してきた安曇野比呂くん」

馨の紹介を受け、立ち上がってふたたび腰を折る。

「安曇野です。よろしくお願いします。新学期から天神小学校で教鞭をとることになり――」

「おやまあ！」

コップをテーブルに置いたおばさんは、比呂の言葉尻をさえぎった。

「三宅《みやけ》先生の後任の先生だわね。まあまあ、最近の先生はまるでタレントさんみたいだねえ。馨ちゃんのことだから、あたしはまた男嫁でも連れてきたのだとばっかり思ったわよ」

「お、男嫁……っ?」

危うく水のグラスを倒すところだった。驚きに目を白黒させた比呂を見て、おばさんは大きな口を開けて豪快に笑い、冗談よと比呂の肩を叩いてきた。

もちろん冗談だろうが、笑えない冗談だ。

一方、馨は平然としている。

「そうなったらいいんだけどねえ」

などと、調子を合わせて笑う。

男嫁はさておき、比呂が三宅先生の後任だということに、少しも驚いていないようだ。

「知ってたんですか」

「ん? まあ。比呂みたいな若い男が越してくるのはめずらしいし、ほら、ダンボールに本とか学校教材とか書いてあったからさ」

比呂の問いにひとつ頷いた馨は、ふいに首を後ろへと捻《ひね》った。

「そうだ。もしかして聡《さとる》の担任になるかもしれないな」

ちょうど奥から従業員とおぼしき女性が手にボールを持って出てきたところで、馨はどうやら彼女に話しかけたらしい。それぞれひとつずつ馨と比呂の前に材料の入ったボールを置いた女性は、口許を綻《ほころ》ばせた。

「そうね。だといいけど」

三十前後の、お好み焼き屋にはもったいないような和風美人だ。昔だと、小股《こまた》の切れ上がったという表現がぴったりくるだろう。

「さ、混ぜて混ぜて」

「あ、はい」

知らず識《し》らず見惚《みと》れていた比呂は馨の言葉にはっとし、気恥ずかしさから思いきり中身を攪拌《かくはん》すると、鉄板に落とした。じゅうという音が響き、早くもいい匂いが漂い始める。

「比呂が担任になってくれると、聡はきっと喜ぶだろうな」

なあ蓉子《ようこ》さんと、馨は親しげに呼ぶ。

「そうね。あの子、若いひとが好きだから」

蓉子は馨にそう答えてから、比呂に向かって丁寧にお辞儀をした。

「今度五年生になる前田《まえだ》聡の母です。どうぞよろしくお願いします」

「あ、はい。こちらこそ」

比呂も椅子から腰を浮かせて頭を下げると、蓉子は軽くほほ笑んだあと、ふたたび馨に向き直った。

「聡が寂しがってたわ。最近馨くんが顔見せてくれないって」

「ああ、そっか。ちょっと忙しかったから」

ふたりの様子を前にして、ん？　と首を傾げる。

なんだか——いい雰囲気だ。

「悪いことしたな。あとで顔出しとくよ」

馨の言葉に、蓉子がまたほほ笑む。親しい間柄なのは間違いない。

「ごめんね。いつも」

「いいって。ついでに蓉子さんと結婚して、聡のパパになろうかと思ってるくらいだし」

「あら、いいわね」

それどころか、結婚を前提としたつき合いのようだ。

察するに、蓉子の息子である聡は遊んでくれる馨をパパのように慕っていて、最近会えないから寂しがっているると、そういうことらしい。

とはいえ、外野に囲まれたお好み焼き屋であっさりプロポーズするのはどうかと思う。軽々しく聞こえて、蓉子も「あら、いいわね」と茶化すしかないだろう。

ここは、席を外すべきではないかと比呂が悩んでいると、

「やあねえ、馨ちゃん」

おばさんが口を挟んできた。

「町じゅうの女にプロポーズして回る気？　つい一昨日《おととい》秋元《あきもと》さん家のマキちゃんが馨ちゃん

にプロポーズされたって言ってたわよ」

「先週は津森《つもり》先生」

合いの手を入れたのは蓉子だ。どうやら端《はな》から真剣に受け取るつもりはなかったようだ。馨については、印象どおり軽い男だと判断するしかない。

「仕方がないだろ。春は求愛の季節じゃないか。この町にいい女が多すぎるのがよくない。目移りして困る。おばちゃんも、おじさんさえいなきゃ真っ先に申し込みたいくらいだよ」

「もう、やだよお。馨ちゃんったら」

満更でもなさそうに頬を染めて、おばさんが馨の肩を思い切り叩く。

開いた口が塞《ふさ》がらないとはこのことだ。出張ホストか、おまえは――と、喉まで出かけた台詞を、よく呑み込んだと自分で自分を褒めたいくらいだった。

こんな調子で町じゅうの婦女子を誑《たぶら》かしているのだとしたら、本来なら女の敵と言っても過言ではない。同じことを比呂のいた街でしたなら、きっとロクデナシ扱いされる。

やっぱり関わらないようにするべきだ。隣人とはいえ、こういう軽薄な人間と親しくしていると思われるのは心外だし、世間体も悪い。腹立たしいのは教頭だ。風呂なしアパートはまだしも、こんな隣人のいる場所へ比呂を入居させるなんて。

「そろそろいい頃合いだよ、比呂」

「え？」

心中で恨み言を並べるのに忙しかった比呂は、馨に呼ばれて我に返る。鉄板の上のお好み焼きはほどよく焼けていて、香ばしい匂いにまた腹の虫が鳴った。

馨は器用に引っくり返す。ヘラを手にした比呂も見よう見真似でやってみたが——お好み焼きは見事に真っ二つになった。

「うわ、失敗」

「平気平気」

焦る比呂に、馨は手馴れたものであっという間に形を整える。見ためも中身も軽い馨だが、手先は存外器用らしい。指の長い、いかにも器用そうな手をしている。

こういう男がモテるのかもしれないと、そんなことを考えながら、五分ほどお好み焼きが出来上がるのを待った。

おいしそうに焼きあがったお好み焼きを前に、水の入ったコップを手にした馨が、満面の笑みで比呂のコップに軽くぶつけてきた。

互いのコップが小気味いい音を立てる。

「ようこそ天神町へ」

歓迎の言葉には、無理やり笑みを作った。

どんなに不安であろうとも、やるしかない。前途多難を想像させる、これが比呂の、新天地でのスタートになったのだ。

黒板に大きく『安曇野比呂』と書く。

「先生の名前です。『あずみのひろ』と読みます。みんなで明るく楽しいクラスにしていきましょう」

四月五日。

今日から新学期のスタートだ。比呂は五年生の担任を任された。

とりあえずA組だが、ひとクラスしかないのでB組は存在しない。教室の入り口にも「A組」ではなく「安曇野学級」と手書きのプレートが下がっている。

ほとんどの先生はジャージ姿だが、比呂は前の学校からそうしてきたように、ネクタイこそつけないもののワイシャツとスラックスを身につけて教壇に立った。誰にアドバイスされたわけでもないが、子ども相手であれみっともない姿は見せたくないという比呂なりの心構えだった。

ださいジャージを着ないことが、比呂のポリシーだ。

五年生はぜんぶで十八人。一クラス四十人近い人数で七クラスあった前の学校と比べれば、ずいぶんこぢんまりしている。

五年A組の男女比率は女子十三人、男子五人で、圧倒的に女子のほうが多い。人数で勝っているせいか、見たところカカア天下な雰囲気だ。

「はーい、先生、質問」

一番前の席に座る女子が、元気よく挙手した。名札には『守山祥子《もりやましょうこ》』と書いてある。

「はい。守山さん、どうぞ」

「先生はカオルちゃんとどういう関係ですかぁ？」

一瞬、意味がわからず、問い返す。守山祥子は真顔のまま、同じ質問をもう一度してきた。

「だからぁ、先生とカオルちゃんの関係だってば。私、昨日、先生とカオルちゃんが仲よくホームセンターで買い物してるの見たんだもん」

守山だけではない。

「あ、私は先生の部屋からカオルちゃんが出てくるの、見た」

他の女子も騒ぎ始めた。

「えー、うそ。一緒に住んでるってこと？」

「カオルちゃん、手が早ぁい」

「でも先生、男なのに」

「男だって関係ないよ。カオルちゃんは可愛いものが好きなんだもん」

いったいこれはどうなっているのだろう。なぜ自分のクラスの子に、こんなことを言われてしまっているのだろうか。馨はなぜ小学生にまで顔が知れ、あまつさえ「カオルちゃん」などと呼ばれているのか。それがなにより不思議だ。

こほんとひとつ咳払《せきばら》いをした比呂は、かしましい女子たちを制止した。

「きみたちの言いたいことはよくわかりました。そしてまず守山さんの質問に答えるならば、先生とカオ……東雲さんは、お隣同士という関係です。お店などまだこの町のことをちゃんと把握していない先生のために、東雲さんが案内を買って出てくれました。ホームセンターにふたりで行ったのは、そのせいです。以上、他になにか質問は？」

――なんだか新婚みたいだな、俺たち。

買い物中、馨の言ったふざけた台詞がふと脳裏をよぎる。

――どう？　新婚家庭、俺と築かない？

確かそのあと、顎《あご》が外れるような台詞を真顔で口にしたのだ。しかもただでさえ馴れ馴れしい馨は、「ひろりん」なんて、一度も呼ばれたことのないニックネームを勝手につけた。

――その呼び方はちょっと。

頬が引き攣りそうになり、遠回しにやめてくれと言ったのに、

――なんで？　可愛いじゃん。

この一言ですませてしまって、その後も何度となく「ひろりんひろりん」と連呼してきた。そもそも馨とホームセンターに行く予定はなかった。重い荷物をひとりで持たなくてもいいとか、どこになにがあるか知っている人間と一緒なら早く買い物がすむとか、ついそんな打算が働いてしまったせいで、馨の申し出を辞退できなかったのだ。

「先生、どうしたの?。なんかお口がへの字」

守山に指摘されて、慌てて口許を手で押さえる。比呂をじっと見てきた守山は、五年生の顔には不似合いな女の笑みを浮かべてみせた。

「先生ったら、可愛い」

「…………」

慣れているとはいえ、最近の子には心底驚かされる。子どもだからと軽くあしらえば、必ずあとで痛い目を見るはめになる。

苦笑でごまかした比呂だが、

「可愛くなんてないよ」

直後、棘《とげ》のある声が耳に届いて、そちらに目を向けた。一番後ろの席で、比呂以上に口をへの字に歪《ゆが》めた男子がじっとこちらを睨《にら》んでいた。

「きみは——前田聡くん」

『阿比留』で働いている蓉子の息子だ。

「先生は可愛くなんてない。だからカオちゃんも先生のことなんて好きにならない」

ライバル心剝《む》き出《だ》しの目を向けられて、そういえばと思い出した。

聡は馨に懐いているから、馨が自分と会わずに比呂と買い物に行ったのが気に入らないのだろう。子どもらしいやきもちだ。

比呂は、あえてひょいと肩をすくめてみせた。

「それはそうだよ。先生が可愛くたって仕方ない。それよりも先生は、頼りになるなってみんなに思ってもらえると嬉しいな」

比呂がそう言うと、五年生にしては幼く見える顔をほんの少し紅潮させ、聡はぷいと横を向いてしまった。その仕種《しぐさ》の幼さに比呂は思わずほほ笑んでいた。

都会でも田舎でも子どもは同じだ。たぶんあれこれ悩む間にも、比呂は学校に慣れることができるだろう。

だから、問題があるとしたらやはりそれは――。

「あれ、ひろりんの教室、ここなんだ？」

「だからその呼び方はやめろって言っ――」

思わず素に戻って突っ込んだあと、突如現れた声の主を凝視する。

「新鮮だなあ。先生の比呂」

たったいま話題の中心だった馨が、まさか学校にまで押しかけてくるとは予想だにしていなかったので、自分の目を疑ったのだ。

「あ、カオルちゃんだ！」

「カオルちゃ～ん」

しかも、なぜか女子だけではなく男子まで騒ぎ始めてうるさいことこのうえない。

馨の格好は相変わらず妙で、今日はTシャツの上に桜の散った羽織りをなびかせている。

慌てて廊下に出た比呂は、生徒たちの目に触れないように引き戸を閉めた。

「馨さん……なんでここにいるんですか？」

比呂の疑問は、あっさり晴れる。

「教頭に呼ばれたから」

「教頭に？」

馨の視線を追って廊下の突き当たりにある階段の下に目を向けると、こちらに向かって手を振る教頭の姿が見える。馨も手を振り返した。呼ばれたというのは本当のようだ。

「じゃ、あとでな」

その一言で去っていこうとする馨を、比呂は引き止めた。

「だから、いったい教頭がなぜ馨さんを？」

馨は、なぜか嬉しそうに唇を左右に引く。

「なに？　気になるんだ」

「そんなんじゃなくてですね」

「それじゃ、俺と離れ難いとか」

「ちがいます！」

からかわれているのだと気づき、にこにこと笑う薫を睨みつけると、意外な一言が返ってくる。

「たまに頼まれてあちこちパソコンのメンテに回ってるんだよ。それだけ」

確かに追及するようなことではなかった。自分がなぜしつこく聞いたのか、いまとなってはわからない。

「すみません。引き止めて」

謝罪し、引き戸に手をかける。

「比呂」

馨がすぐさま呼び止めてきた。

引き戸を開けながら、

「なんですか？」

そっけなく答えたのだが——やめておけばよかったと後悔するはめになる。

「早く帰ってきてな」

馨が、ウインクと投げキッスをしてきたからだ。

「なななにしてんの！」

いきなりのことに驚くのは当然だろう。

だが、動揺のために裏返った比呂の声は、前後の引き戸にへばりついていた生徒たちの黄色い声に掻き消された。

「やっぱりデキてんじゃないの」

「カオルちゃん、手が早すぎ」

「あら、恋に時間なんて関係ないのよ」

などと口々に好き勝手なことを言われ始めて、担任の威厳どころではない。物事はなんでもスタートが肝心なのに、台無しではないか。

ここはひとつびしっと言ってやろうと振り返ったときには、すでに馨の姿はそこにはなかった。数メートル向こうで、教頭と肩を並べて歩いている背中が見えた。

「先生」

守山が、かぶりを振りながら肩を叩いてくる。

「大丈夫よ。カオルちゃんは可愛いものが好きなの。教頭は可愛くないわ」

「…………」

なぜ生徒にこんなことを言われなければならないのだろう。もはや、反論する気にもなれない。

……恨みます、教頭。

比呂にできるのは、口には出せない不満を心で呟《つぶや》き、肩を落として教室に戻ることくらいだった。

初日の締め括りは、先生方が催してくれた歓迎会を兼ねた昼食会に出席した。終わってからも長いおしゃべりにつき合い——疲れ切ってさくら荘へと戻ってきた比呂を待っていたのはからっぽの冷蔵庫で、その場にしゃがみ込んでしまった。

牛乳と栄養ドリンク以外、なにも入っていない。

冷凍庫には食パンがあるが、今朝もトーストだったのでもうパンは厭《いや》だ。

腕時計を見ると、すでに夕刻六時を過ぎている。例の、一軒だけ見つけておいたコンビニに弁当を買いにいこうにも、バスでかかった時間を思い出すにつけ、とても実行に移す気にはなれない。それなら、馨が紹介してくれた商店街はどうかといえば——じつは、こちらにも不都合があった。

食材を手に入れたところで、料理のできない比呂にとっては無用の長物だ。比呂がまともな夕食にありつくためには、どうしてもコンビニもどきに行く必要がある。

いや、待てよ。肉屋にコロッケが売っていると聞いた。でも、人気らしいのでこの時刻ではもう売り切れているだろう。

「あ、そういえば」

小さなスーパーに惣菜コーナーがあったはずだ。これから行くのは面倒だが、それしか夕食にありつく手段がない以上、仕方がない。

ため息をこぼした比呂の耳に、ノックの音が聞こえてきた。続いて、比呂を呼ぶ声がする。

「ひろりん〜」

馨だ。

この呼び方はやめてくれと何度も言っているのに。

「……はい」

渋々重い腰を上げ、玄関のドアを開ける。馨の手には、回覧板があった。

「ゴミ収集に関してなんだけどさ——あれ？」

回覧板を差し出そうとした馨の手が、止まった。

「どうした？　比呂」

比呂を見つめ、眉間《みけん》に縦皺《たてじわ》を刻む。

「なんだか疲れて見える」

「………………」

この一言は、ふい打ちだった。というより、予想外と言ったほうがいいだろう。一目見ただけで状態を見抜き、気遣われたことなど親にもない。少なくとも比呂自身に、疲れた顔を見せているつもりはないのだから。

「あ……ええ、ちょっとだけですけど」

うっかり正直に答える。するとまた、馨は意外なことを聞いてきた。

「夕飯、ある？」

黙っていると、さらに言葉は重ねられる。

「なんだったら、一緒にどう？　俺ももうすぐなんだけど。夕飯」

「……え」

あらぬ方向に向けていた視線を、比呂は馨へと移した。いまの比呂にこれ以上の誘いがあるだろうか。

馨は本気で比呂を案じてくれているようで、なんだか調子が狂うと思いつつ、口を開いた。

「……でも、悪いですし」

馨が首を横に振る。

「そんなんでいまから買い物行って作るんじゃ大変だろ？　お隣のよしみだし、遠慮は無用だって」

「お弁当でも買ってこようと思っていたんです」

「弁当？　ああ、駄目。なに考えてるんだよ。先生っていうのは身体《からだ》が資本だろ？　疲れてるときに弁当なんか食ってちゃ、明日持たないって」

正論を説かれ、返答に詰まる。

痛いところを突かれて黙り込むと、さらに馨の口撃は続いた。

「もしかして、結構弁当食ってる？　よくねえよ、それ」

「………………」

よくないのは承知のうえだ。

結構どころか、毎日食っている。

なぜなら比呂は家事全般において不得意であって、ずっとコンビニ弁当で命を繋《つな》いできたのだ。

ひとり暮らし歴、六年。おそらく普通なら料理も掃除もそれなりにこなせてくる時期なのだろう。忙しかったという理由が通じなくなるほどの年月が流れていると、自分でもわかっている。

結局、センスの問題で、比呂には家事のセンスがまったくなかったというわけだ。

食わずして生きてはいけないのだから、コンビニ弁当や外食に飽きてもとにかく腹に詰め込めればそれでいいと、随分前にあきらめてしまった。

栄養問題はサプリメントで解決するから大丈夫――そう自分に思い込ませてきたのだ。

「今日は鯖《さば》の塩焼きと野菜炒め。それからほうれん草のお浸しと味噌汁。味噌汁の具は、豆腐とワカメ」

タイミングがいいのか悪いのか、馨が献立を並べていったちょうどそのとき、開け放たれたドアからなんとも言えず旨そうな匂いが漂ってきて、条件反射で比呂の腹は盛大な音を立てた。

「ほら、すぐできるから来いって」

揺れに揺れていた比呂の心は、ここで決まった。次の瞬間、躊躇《ためら》いがちにではあるものの頷いていた。

「なにか嫌いなものがあったら教えといてくれ。明日からのこともあるし」

「明日から？」

「ああ、明日から。ひとり分作るのもふたり分作るのも手間は一緒だからな」

弱っているときにこの手の言葉は、なにより心を動かす。どうしよう、甘えてもいいのだろうかと迷いつつ、結局先のことは保留にしたまま馨の部屋へ移動し、夕飯が出来上がるのを待った。成り行きで、関わり合いになりたくないはずのお隣さんと卓袱台《ちゃぶだい》を囲むことになったのだ。

「……おいしい」

しかも、幸か不幸か馨の料理の腕は一級品で、一口食べた瞬間、目の前がばら色に染まって見えたほどだった。

「そうか？　そりゃよかった。なにかリクエストがあったら言っていいよ」

馨がほほ笑む。ほんの数時間前までは馴れ馴れしいと思っていた馨の笑顔が急に格好よく見え、自分の現金さに呆《あき》れる。

「なにが食いたい？」

「え……えっと、オムライス」

答えを保留にしたはずなのにと、気づいたのはすでにリクエストをしたあとだった。

「よし。任せとけ」

右腕に力瘤《ちからこぶ》を作ってみせる馨から、比呂は視線をそらす。自分がいかに意志の弱い人間か、思い知らされたような気分だった。

比呂の新学期最初の日は、こうして終わりを告げたのだ。

2

五日後のことだった。

五年A組で、早くもちょっとした事件が起こった。

聡の集金袋がなくなったのだ。忘れてきたんじゃないかと聞いても、本人は否定し、ランドセルや机の中を一生懸命探すばかりだった。『阿比留』に出勤する前の母親に電話をかけてみたが、こちらもちゃんと持たせたと返ってきた。

全員で教室じゅうを探してみたけれど、結局見つからない。みな面倒になったのか妙な雰囲気にもなってくる。

そんな中、誰かのポツリと洩らした一言が、火種になってしまった。

「聡、自分で隠してんじゃねえの。先生のこと困らせたくて」

子どもがときとして残酷なのは周知のとおりだ。天使の顔を見せたかと思えば、途端に悪魔も同然になるのだ。

まさにこのときがそうで、探すことに飽きた子どもたちは口々に聡を疑う言葉を口にし始めた。

聡が協調性に欠けると気づくには、五日間も接していれば十分だった。が、だからといって簡単に疑うのは間違っている。

「勝手な憶測でものを言っちゃ駄目だろ。困っている前田くんをもっと困らせていいか悪いかくらい、五年生にもなってわからないはずないよな」

比呂が窘《たしな》めると、正面の席の女子が不服そうな顔をした。

「……だって」

なにか言いたいことがあるようだ。

「多嶋《たじま》さん。意見があるなら、立って、みんなに聞こえるように言ってくれるかな」

比呂の指名を受けた多嶋は、一瞬迷う様子を見せたあと立ち上がった。

「前田くんってほとんど喋《しゃべ》んないからなに考えてんのかわかんないし、先生のことも嫌いみたいだから、疑われてもしょうがないと思う」

確かに、みなの前で言うよう促したのは比呂だが、これほどストレートな言い方をするとは思っていなかった。「嫌い」ではなくせめて「馴染んでない」とか「苦手みたい」とか、そういう婉曲《えんきょく》さを望んでも、難しかったらしい。

聡本人は初めからずっと俯《うつむ》いている。

比呂はため息を押し殺し、教室内を見渡した。

「でも、疑っていい理由にはならないよ？　前田くんは持ってきたって言ってるんだから、先生は信じたい」

けれど、比呂が考えていた以上に、他の生徒と聡の間にある溝は深かったようだ。今度は多嶋の隣の菊池《きくち》が、ふてくされた顔でこぼす。

「先生はまだわからないのかもしれないけど、聡ってクラスから浮いてるんだよ。でも、それ、俺たちが悪いんじゃなくて、聡が態度わりぃからしょうがないって思う。みんなで決めたことも守らないし、輪を乱されて困ってんのはこっちのほうだよな」

菊池の言葉に、みなが同調する。

「そうでぇす」

「菊池くんの言うとおりでーす」

あちこちから賛同する声が上がったせいで、聡はとうとう頭を机にくっつけてしまった。

まさかここまでうまくいっていないとは——比呂は自分の認識の甘さを痛感する。

「だけど——やっぱり、決めつけるのはよくないよ。まだ探してないところがたくさんあるんだし」

なんとかしなければと思考をフル回転させながら、この場を取り繕おうとする。が、当の聡があきらめている。

「もういい……べつに」

机にくっつけた頭はそのまま、小さな声を発した。

「明日、持ってくるし」

聡が持ってくればすむ問題ではない。他の子どもたちはやっぱり嘘だったと思い、今後いっそう聡を信じなくなるだろう。

「前田くん。給食費と学級費合わせて六千円だよ？　もう少し探してみてからでも遅くないだろ。教室にはないみたいだから、登校中に落としたのかもしれないし――みんな、自習しててくれないかな。先生と前田くんは外を探してくる」

すっかり聡の狂言だと信じている生徒たちは、シラけたムードで返事もまばらだ。こんな状況で聡はよく登校拒否にもならずいままでやってきたと、ある意味感心せずにはいられなかった。

「前田くん、行こうか」

声をかけた比呂に、聡は顔を上げない。歩み寄って肩に手をかけても、身体を捩《よじ》って逃げられた。

「僕は……行かない。探したいんなら、先生だけで行けばいい」

これには、こめかみがぴくりと痙攣《けいれん》した。

当事者だろ、と叱り飛ばしたい気持ちをぐっと堪え、無理やり笑顔を作った。

「前田くんが探さなきゃ、意味がないだろう。ほら」

しかし、比呂の心情などまったく伝わらない。どんなに促そうにも、聡は頑なに拒否する。

「行かないっていったら行かないんだ」

「……っ」

とんだクソガキだ。こんな態度を取っていたら、周囲から浮くのも仕方ない。

比呂は苛立《いらだ》ちを抑えるために心中で十ほど数え、再度聡に向き直った。

「そうか。わかった。とにかく、先生は探してみるから」

自習内容を黒板に書いて、ひとりで教室を出る。聡が思い直してくれることを期待したが、そううまくはいかなかった。

比呂ひとりその足で学校を出ると、聡の家までの道のりを歩く。もちろん、都合よく道端に落ちているなんて思っていないが、何事も試してみないことには始まらない。たとえ無駄足になったとしても、だ。

探すだけ探してみてから聡の母親に連絡すればいい。そう考えた比呂は、周囲に目を凝らしつつゆっくりと歩いた。

「あれ、ひろりん。どうした？」

しばらくして、下ばかりを見ていた比呂にのんきな声がかけられた。顔を上げると、馨が自転車で近づいてくるところだった。

「なにしてんだ〜、こんなところで。学校は？　まさかもうサボリとか？」

「なわけないでしょう」

即座に言い返すと、すぐ傍《そば》までやってきた馨が笑みを引っ込める。

「もしかして、なにかあったのか?」

比呂を見て真顔になった馨を前にして、イケメンは得だなと関係ないことを考えた。

普段どんなにちゃらちゃらしていても、ちょっと真面目な顔になっただけでがらりと雰囲気が変わる。

「どうしてそう思うんですか?」

比呂の問いかけに、馨は即答した。

「そういう顔してるから」

「…………」

またた。この前といい今日といい、なにかあると馨にはすぐにばれてしまう。

「……じつは、集金袋をなくした子がいて」

馨があまりに心配そうな顔をするので、うっかり口を滑らせる。部外者に洩らしていいはずがないのに、馨を無視するのは難しい。どういうわけか比呂は、馨の口車と笑顔にはすぐのせられるのだ。

「誰?」

「……誰かとはちょっと」

「けど、誰かがわからないと探しようがない」

もっともだ。それに、馨と前田親子は特別親しいようなので、なにか対処方法がわかるかもしれない。そう判断し、躊躇いながら正直に話す。

「……前田くん、なんですが」

「聡か」

馨の眉間に皺が刻まれた。

「はい。どこでなくなったか、本人も気づいてなくて——教室はいくら探してもなかったし、だったら登校中かもしれないと思って外に出てきてみたんですが……どこをどう探したらいいか、正直お手上げ状態なんです」

本音を言えば、見つけるのは難しいと考えていた。もし登校中に落としていたのなら、いま頃誰かが見つけて届けてくれているはずだ。

馨は一点を睨み、顎に手を当て考え込んでいたかと思うと唐突に比呂の腕を摑んできた。

「後ろ、乗って」

「え」

「自転車の後ろに乗ってって言ったんだ。急いで」

「あ……はい」

なにがなんだかわからないまま、馨の自転車の荷台に跨《また》がる。

「よし、行くぞ」

すぐに馨はペダルをこぎ出し、ぐんぐんと加速していった。

「どこへ、行くんでしょう」

この問いには、裏山だと返ってくる。

「裏山って……なんでまたそんなところに行くんですか」

「まだわからないけど、行ってみる価値はあると思う。無駄足になるかもしれないが、とりあえずついてきて」

そうまで言われては断る理由も見つからず、比呂は口を閉じた。

馨の羽織りが目の前で風にはためく。洋服とはちがう着物の匂いに、どことなく郷愁に似た甘酸っぱい気持ちが染み出してくる。

そういえば、比呂は子どもの頃、お祖母《ばあ》ちゃんの抽斗《ひきだし》が好きだったらしい。変な子だったと、母親に笑われたことがあった。

アスファルトを軽やかに走る自転車の荷台で、そんな場合ではないとわかっているのに後ろへと流れる風景に比呂は目を細めた。

桜はちょうど満開だ。徐々に色づき始めた山の緑も、目に眩《まぶ》しい。

真っ直ぐに伸びた道路を走る車は混雑とは無縁で、誰ひとり急ぐ者はなく、馨と比呂の乗る自転車の横を追い越していくときには必ず窓を下ろして声をかけてくれる。

真っ青な空の遥か頭上を、鳥が旋回しながら甲高い鳴き声を上げて、すいと飛び去っていった。

「うわっ」

いきなり急ブレーキがかかる。前のめりになった比呂は馨の肩に顔をぶつけた。

「なっ、なに？　どうしたんですかっ？」

何事かと慌てる比呂の視界を、黒っぽいなにかが横切っていった。それはすぐに草陰に逃げ込んだので、なんであるか確認できなかった。

「危ねえ。あやうく轢《ひ》いちまうところだった——平気か、ひろりん」

またペダルをこぎ出した馨が、肩越しに比呂を振り返る。

「俺は大丈夫です……それより、いまの物体は……」

犬か猫のようだった。が、犬でも猫でもなかった。

「狸《たぬき》だろ。どう見ても」

「——狸？」

どう見てもと言われても、普通は狸に遭遇するとは思わない。少なくとも比呂は、狸に出くわしたのは初めてだ。

「狸なんて、いるんだ」

すごいと続けるつもりだったが、馨の発した一言のせいで引っ込んでしまった。

「熊も出るぞ。こっちは人間のほうが危なくなっちまう」

自分の耳を疑う。

「い……いまなんと？」

だが、確認すべきではなかった。

「だから熊も出るぞって話。ツキノワグマ。俺も一回遭遇したことあるけど、それほどしょっちゅうじゃないから安心していいよ。よほど運が悪ければって感じだな」

「…………」

ツキノワグマ――馨は、いまツキノワグマと言わなかったか。

「ツキ……ノワグマ？」

「そう。ツキノワグマ」

まるで「チワワ」とでもいうようなにこやかな声だったが、猛獣は猛獣だ。

「か、帰る――っ」

咄嗟《とっさ》に馨の羽織りにしがみつく。

冗談じゃない。ツキノワグマにやられるなんて……絶対に厭だ。

「ツキノワグマになんて遭ったら……死ぬ！　給食費なんてどうだっていい。ツキノワグマにやられるくらいなら、俺が払う！」

摑んだ羽織りをぐいぐいと引っ張った。

比呂がこれほど訴えているのに、馨は自転車を止めないばかりか、比呂に困った目を向けて苦笑した。

「山の中まで足を踏み入れなきゃ大丈夫だって。俺たちが用があるのはすぐそこ。熊には遭わないから」

気休めではないのか。

疑念をこめた目でじっと馨の後頭部を睨むと、きっぱりとした返答があった。

「絶対だ。誓ってもいい。万が一熊に遭ったって、比呂のことは俺が必ず守ってやるから」

「……馨さん」

比呂は、羽織りを引っ張るのをやめた。いまの一言に感激した、というわけではないけれど、すっかり血が上った頭を冷ます役には立ったようだ。

大騒ぎした自分が恥ずかしい。

ごまかすためにひとつ咳払いをすると、馨も真似して、こほんと喉を鳴らした。

「まあ、俺的には役得だったたな」

意味を図りかね、首を傾げる。

馨は、ふふっと照れくさそうな笑い方をした。

「だって、そうだろ。ひろりんにぎゅうぎゅう抱きつかれてさ」

やはり馨はナンパだ。格好いいと見直した直後に、軽薄な言葉を口にする。

「またすぐそういうことを――あ、まさか熊の話は」

「それは本当。滅多にないけど」

嘘であってほしいという願いを即座に打ち砕かれ、本音を言えばずっと羽織りの裾を摑んでいたかったが、これ以上情けないところは見せられない。自転車が止まると、先に比呂は降りた。

ちょうど学校の真裏に当たる山だ。麓には田畑が広がり、農作業をしているひとの姿も見える。

目的地がはっきりしているようで、迷わず歩き始めた羽織りの背中を、比呂も急いで追いかけた。

「でも……どうしてこんなところに」

わからないのは、そこだ。

いくらなんでも、こんなところに集金袋が落ちたとは考えにくい。まさか飛んできたと言い出すつもりか。半信半疑どころか、三分の二は疑いながら聞くと、馨は一本の木の根元にしゃがみ込んだ。

「——馨さん」

馨の手許を覗き込む。探すまでもなかった。

「あったぞ」

馨はあっさり集金袋を見つけたのだ。

ほっとしたものの、疑問は残る。ここにある理由が比呂にはわからない。

聡がこんなところまで集金袋を隠しにきたというのか。でも、故意なら他にいい方法があるはずなのに、わざわざ手間をかけてこんなところまで持ってくる必要があったのだろうか。いや、それよりも不思議なのは、それをいとも簡単に馨が見抜いてしまったということで……。


「ジロだよ」

「ジロ？」

「これ、見てみな」

馨が示した木の根元に目を落とすと、長靴やらパンプスやら玩具《おもちゃ》のバケツやら、ペットボトルやら、ありとあらゆるものが狭い範囲に集められている。

「ジロの宝物置き場、ジロってのは亀作《かめさく》じいさんとこの老犬なんだけど、気に入ったものを口に銜《くわ》えちゃ取られないようにここに隠すんだ」

「でも、どうしてジロがやったって」

「聡は毎日登校途中にジロのところに寄ってく。大方じゃれつかれて、手提《てさ》げから落ちたんだろうって思ってさ。なんの根拠もない、ただの勘だけど」

そうか、と口中で呟く。

比呂は馨の顔がまともに見られなくなり、咄嗟に目を伏せた。

「よかったな、あって」

「……はい」

あってよかったと安堵する気持ちはもちろんあるが、それ以上に決まりの悪さが込み上げる。なぜなら比呂は初めから先入観を持っていて、見つからなくても仕方がないとあきらめていた。

口では綺麗事を言いながら、他の生徒たちの言葉を鵜呑《うの》みにして、きっと聡が比呂を困らせたくてわざと忘れてきたにちがいないと決めてかかっていた。

一方、馨は聡を信じていた。

「よし戻ろうか。きっと聡が喜ぶ」

自転車の後ろに跨り、来た道を引き返す。

「ありがとう……ございました。助かりました」

苦い気持ちで礼を告げた比呂を肩越しに見た馨が、にっこりと笑った。

「どういたしまして。俺としちゃ、比呂の役に立てて嬉しいよ」

「…………」

今日も馨の笑顔が格好よく見える。あまりの格好よさに、どきりとするほどだ。

反して、自分の腑甲斐《ふがい》なさには呆れるしかない。

比呂の心情を知ってか知らずか、馨がぐいとペダルを踏み込んだ。

「飛ばすぞ」

加速していく自転車の後ろで、行き同様、馨の羽織りが風になびく様を眺める傍ら、比呂は自分が間違っていたのではないかと疑い始めていた。もしかして馨はロクデナシではないのだろうか。げんに馨は、比呂のために——聡のために骨を折ってくれた。

不思議なもので、一度そう思えばこの奇異な格好ですら馨の個性に思えてくる。

「そういえば、馨さんはどこかへ行く途中じゃなかったんですか。だったら俺、歩いて帰ります」

「いいって」

せっかく見直したばかりだというのに、このあとの一言で台無しになった。

「パチ屋に行くところだったし」

「パチ——や？」

馨らしい返答に、がくりと力が抜ける。

なんだ。

やっぱりいつもの馨だ。

馨に比べて自分は——なんて落ち込んで損した。

「ようするに、暇だったんですね」

なぜだかほっとしながら、問う。

「あー……まあ、暇なような暇じゃないようなってとこかな」

「なんですか、それ」

馨は、馨だ。

「ま、暇なくらいがちょうどいいってことさ。で、ひろりん。なにか欲しいものある？　取ってきてやるよ？」

「結構です」

とはいえ、馨のおかげで労せず見つけられたのは確かだ。ほんの一時間ほどで学校に戻ってこられたのだから。

礼を言って自転車を降りたとき、

「あ、そうだ。俺が見つけたこと、聡には内緒な」

馨は意外にもそう言ってきた。

「それでなくても聡は、俺を頼り切ってるとこがあるからさ。五年生にもなってそういうのは、やっぱりあんまりよくないだろ」

聡を案じているようだ。

「……それはそうかもしれないですけど」

もっともだとは思うが、そもそもそこまで頼らせてしまったこと自体に原因があるような気がする。とはいえ、比呂が口出しするわけにはいかないので、黙って了承した。

「またなにかあったらいつでも言ってよ。ひろりんのためなら、なにを置いても飛んでくるから」

笑顔つきの申し出に、複雑な心境になりつつ馨と別れた比呂は、その足で教室へと戻ったのだ。

「あ、先生が帰ってきた」

「どうだった？　先生」

「あった？　なかった？」

口々に結果を迫る彼らに、なにも答えず集金袋を見せると、一斉に歓声が上がった。なんのかの言ったところで、心配していたにちがいない。

「すっごい、先生。根性！」

「落としたって、ほんとだったんだ」

「でもさ、どうやって見つけたの？」

「てゆーか、どこにあったんだ？　それ」

盛り上がる子どもたちを前にして、改めて馨に感謝する。馨がいてくれたから、子どもたちの期待に応えられた。

誰よりほっとしたのは、もちろん聡本人に決まっている。目が合うとすぐにそらされてしまったが、比呂にはその表情だけで十分だった。

いまにも泣き出しそうな表情に、意地っ張りだなと目を細める。

きっと馨にはわかっていたのだ。聡には、馨以上に優先しなければいけないものがあると。だからこそ、黙っていてくれという言葉になったのだろう。

「前田くん、よかったね！」

それだけ声をかけた比呂に、聡は微《かす》かに首を縦に動かす。その姿を見たとき、いや——と比呂は心中で訂正した。

誰よりほっとしたのは、聡ではない。きっと比呂自身だ。

生徒たちの顔を順に見ていった比呂は、うまくやっていけそうな気がして胸を撫で下ろした。

3

「姐《あね》さん」

玄関のドアが開く。貴重な休日、着替えをすませたばかりの比呂は、襟元《えりもと》を直す手を止め、眉をひそめた。

「学習能力はないのか。他人ん家に来るときはノック。それからその、姐さんってのはなんだ。やめろって言ってるだろ」

比呂がこの町にやってきて、ちょうど二ヶ月ほどたった。

お玉を持つ右手をぶんと振った満智が、へへと悪びれない笑い方をする。今年二十歳になった満智は、どうやら馨を尊敬しているらしく現在フーテン見習中（比呂命名）の身だというが、馨のようになる前に早く目を覚ましてくれることを祈るばかりだ。もっとも心配をしてやる縁も義理もないので、とりあえずは知らん顔を決め込んでいる。

「あ、忘れてました。ノックしなきゃいけないんでしたね。姐さんっていう呼び方に関してなら、兄貴の好いた方なら俺にとっては姐さんかなと、そう思ったからで」

「だからその手の冗談もやめろって、何度注意すればわかるんだ」

いくら言っても満智には暖簾に腕押しだ。むっとするものの、比呂にも強くは出られない事情がある。

「ご飯っすよ」

「……わかった」

理由はもちろん、これだ。

関わらないと言った、舌の根も乾かないうちに自分から思い切り関わっている。それもこれも馨が言葉巧みに誘ったからだし、タイミングも悪かった。

……もちろん、馨だけのせいにする気は毛頭ない。己の心の弱さゆえであることは、十分承知している。

「おっはよ〜、ひろりん。本日のブランチはフレンチトーストとハムステーキ。ポテトサラダに、デザートはヨーグルト。コーヒーと紅茶、ひろりんはどっちにする？」

途端に口の中に唾液《だえき》があふれてきて、いまにパブロフの犬のごとく馨の顔を見ただけで涎《よだれ》を出してしまいそうだと、そんな危惧さえ抱かずにいられない。

「う〜んと、コーヒーにしよっかな」

「OK。コーヒーね」

「あ、俺、紅茶」

「おめえは自分で淹《い》れろや、満智」

と、休日ごとにくり返しているやりとりも、すでに日常と化していた。

馨のエプロン姿に、案外似合うと思ってしまうようになったのだからつくづく慣れというのは恐ろしい。

「いや～、ほんっと、見かけに似合わず料理上手な兄貴で」

感心しきりの満智の言葉には、全面的に同感だった。

料理上手な馨に、すっかり胃袋を掴まれている状況だ。たった二ヶ月足らずで、親の味より馨の味が比呂の故郷になりつつあった。

「おまえな、いまどきの男は料理くらいできないと駄目だろ——あ、ひろりんは別。できないからこそ俺が作る喜びを味わえるってモンだし」

そう言いながら、卓袱台にところ狭しと並べられた料理の隙間になんとかマグカップを置こうとした馨は、場所がないとわかると、すぐさま満智のぶんを畳に追いやり空いた場所にふたつマグカップを置いた。

「さあ、食べようか」

「いただきます」

「どうぞ～」

卓袱台を挟んで比呂と馨は向かい合い、朝食兼昼食をとる。

まさかこんな充実した食生活を送ることができるなんて、町に来たときには思いもしなかった。

限りなく不便な町に越してきて、なによりよかったことだ。食事の心配をせずに仕事に勤《いそ》しめるいまの暮らしは、料理のできない比呂にとっては極楽のようだった。

「兄貴〜、そりゃないっすよ。俺もちゃんとそっちで食べたいっす」

畳に正座をして、腰を屈めるようにして食べている満智が情けない声を上げた。

「ねえ、俺もそっちで食べていいでしょ〜。ひとりじゃ寂しいんですよ〜。邪魔はしません。だから、俺も仲間に入れてくださいよぉ。ねえ、比呂さんからも言ってください」

なんの不満があるというのか、せっかくの食事中に泣き言をこぼす満智を睨む。おいしい食事にありつけるだけでも感謝するべきだろう。

「あのね、狭いんだからしょうがないだろ」

比呂がそう言うと、馨も頷く。

「しょうがねえだろ、満智」

勢いづいた比呂は、さらに先を続けた。

「こんなに旨いご飯が食べられるっていうのに、贅沢を言っちゃばちが当たるよ」

「さすが先生だな。言うことがいちいちもっともだ」

手放しに同意されると誰でも調子にのるものだ。比呂の場合は、さらに職業病である、説教癖が顔を覗かせた。

「ひとになにかをしてもらったら、まずはお礼しなきゃな。言いたいことがあるなら、そのあとだろ」

子どもに言い聞かせるときと同じ口調で諭した比呂に、しばらく黙っていた満智はふんと鼻を鳴らした。

「そうっすね。俺が間違ってました。兄貴に飯作らせてゴチになるなんて、本来ならとんでもないことっすもんね」

「そうそう」

比呂は頭を上下に振る。

「けど、比呂さん」

満智は意味深長な視線を比呂に投げかけてきた。直後、満智の口から発せられた言葉は、比呂を動揺させるには十分すぎるほど的を射ていた。

「てことは、比呂さんは、なにか兄貴に感謝の気持ちを示してるんですね。そりゃそうですよねえ。たまにゴチになる俺とはちがって、比呂さんは毎食毎食こんな旨い飯を食わしてもらってるわけだし」

まさかこんな反撃をされるとは思いもしなかった。

「……それはっ」

ポテトサラダを口に運ぼうとしていた箸《はし》を、比呂はぴたりと止めた。

調子にのりすぎたと反省したところで、すでに遅い。満智はすっかり機嫌を損ねてしまった。

「比呂さんのことだからきっとなにかすごいことしてるんすよね。参考にしたいんで、さすが先生って意見をぜひ聞かせてもらえませんか」

「…………」

困った。ピンチだ。なぜなら比呂はなにもしていないし、こうしてご飯を作ってもらっていること自体、抵抗があるくらいだ。

馴れ合いたいわけじゃないぞ。でも、向こうから申し出てくれたものをむげに断わるのは、教育者としてはよくないからしょうがなく――なんて、内心では言い訳だらけなのだ。

「あ、あのな。いまのはその……気持ちの問題っていうか……あ、けどほら、俺の場合は馨さんに誘われたからだし」

しどろもどろになる比呂に、

「満智」

馨が口を挟んでくる。

「余計なこと言ってんじゃねえ。ひろりんはいいんだよ。決まってるだろ？　ひろりんの存在自体が俺の心のオアシスだ。これ以上のことはない」

だが、馨の慰めもあまり役には立たず、同意もできなければ、いつものように「冗談はやめてください」と一蹴するのも躊躇われる。

「そうでした。どうもすんません」

満智が納得して頭を下げてきたので、なおさら心苦しくなった。

痛いところを突かれた、というのが本音だ。

「さあさあ、飯食おう。ったく、満智が妙な横槍《よこやり》入れてくるから冷めちまっただろ。ほら、ひろりんも。満智の言うことなんか気にしないで」

「……はあ」

歯切れの悪い返答をして、比呂は止めていた食事を再開させた。

調子にのって口を滑らせたこととはいえ、ちゃんと礼をすべきだったかといま頃になって気づく。「ありがとう」と言うだけなら、小学生でもできるわけだし——。

「……馨さん、なにか欲しいものとかってあります？」

コーヒーを一口飲んでから、意を決してそう問う。お礼の品物とは別に、今後を考えて賄《まかな》い代を受け取ってもらうにはいい機会だった。

「欲しいもの？」

馨は比呂に上目を投げかけてから、軽く肩をすくめた。

「そりゃあるにはあるが、ひろりんはそんなこと気にするなって。俺が好きでやってることだし」

何度か聞いた台詞をここでも聞く。いままでは、その言葉に甘えてきた。

「でも、やっぱり俺の気がすまない」

家族でもなんでもない相手にそこまで甘えていいか悪いかなんて、考えるまでもないことだった。

その間に満智はすっかりご飯を平らげていて、皿を手に立ち上がる。比呂の横を通りすぎシンクに皿を引くと、玄関に向かった。

「兄貴、俺、帰ります。抜け出してきただけなんで」

いつもの満智ならもっと絡んできそうなところなのに、今日は用事でもあるのかあっさりしたものだ。

「おう、またな。頑張れよ」

馨も右手を上げ、何事もなかったかのように送り出した。

満智が出ていって、馨とふたりきりになる。

「あいつのうち、兼業農家で、貴重な男手なんだ。今週から繁忙期に入るから、落ち着かなくなると思うけど許してやって」

まさかこんな言葉を聞かされるなんて思ってもいなかったので、比呂は少なからず面食らった。

「……あ、そうか」

いつものんきな満智を、気楽でいいと思ってきた。もしかしたら、就職をしていない様子の満智を見下していたところも、どこかあったかもしれない。でも、それは比呂の勘違いだった。

「えーっと、なんの話だった？　俺の欲しいものだっけ？」

馨が話を戻す。

比呂は唇を引き結んだままで頷いた。

偉そうに満智に説教していた自分が恥ずかしい。

「どうしよっかな。けど、どうせ無理だろうし」

「無理かどうか言ってもらわないことには」

「でもさ」

「とにかく、なんでもいいですから」

なぜか言い渋る馨に、比呂はむきになる。馨は少しの間思案顔で顎を擦っていたが、ようやくその気になったのか口許に笑みを浮かべた。

「ひろりんがそこまで言ってくれるんなら遠慮なく」

嬉しそうに前置きすると、素早い動作で卓袱台を回ってくるなり比呂の肩を抱き寄せた。

「か、馨さ……？」

避《よ》ける間もない。馨は比呂の頭を片手で固定しておいて、頬にチュウとやったのだ。

「……な、ななにするんですかっ」

「だから〜、お言葉に甘えてひろりんからお礼を貰ったっていうか」

「お礼って、これがっ？」

照れて頭を掻く馨に、文句を言いつつごしごしと頰を拭う。

「なに考えてるんですか、もう！」

ひとが真面目に聞いたのに。

「あ、なに、そのリアクション。結構傷つく」

馨は、両手を胸に当ててがくりと肩を落とした。

「だから！　この手の冗談はやめてって言ってるでしょっ」

「なんで信じてくんないかなあ。冗談じゃないって言ってるのに」

不服そうにこぼす馨を見ていると、こっちのほうが変になってしまいそうだ。まともに相手をするのも馬鹿らしくなってくる。

「もういい。馨さんの冗談にはつき合い切れません」

ふいと顔を背《そむ》けた比呂だが、すぐにまた戻すことになった。

「なんだよ。そういうこと言う？　俺としては、比呂のほうからチュウなんてしてもらえたら、今晩は大奮発してすき焼きにしようかなんて思ってたくらいなのにさ」

「え……」

すき焼き——すき焼きなんて、何年も食べていない。

「いま、すき焼きと言いました？」

一人暮らしだと、鍋物と無縁になるのはしようがないとあきらめてきたのだが。

「だからすき焼き。奮発して極上霜降りすき焼き肉一キロ買っちゃおうかな、とか」

「極上霜降りすき焼き肉一キロ……」

ごくりと喉が鳴った。口の中には、一気に唾液があふれてくる。

馨が、意味ありげな流し目を送ってきた。

「食いたくない？」

「そ、そりゃあ……食べたいですけど」

「じゃ、チュウしてくれたりする？」

「それは——」

すき焼きとキスを天秤にかける。

たかだか頬にチュウのひとつやふたつ、減るもんじゃないし、いいのではないか——一瞬、頷きそうになったものの、悪魔の囁《ささや》きを追い払って、大きくかぶりを振った。

「なんだよ、ケチだな」

「ケチとか、そういう問題じゃない！」

きっぱりと断わって、ああ、これですき焼きはないなとあきらめかけたとき、馨がちぇっと舌打ちをした。

「しょうがないなあ。これも惚れた弱みだ。今晩はすき焼き」

「え」

チュウはきっぱり拒否したはずだと疑いの目を向けると、馨は苦笑いで肩をすくめる。

「だから俺の負けってこと」

「そんなこと言って、あとから要求してこられても、俺は……しませんよ」

ひどいという自覚はある。すき焼きは食べたいけど、対価は払わないと断言しているのだから。

しかし、頬とはいえキスをしてはいけないという自制が働いた。馨とは、今後もいいつき合いをしていきたいからだ。

「心外だな。俺がそういうセコい真似するような男に見える?」

——見える、とは口にしない代わりに、

「卵は?」

と問う。

「基本でしょ、それ」

馨の返答に満足してから、比呂は口許を綻ばせた。

「じゃあ、割り勘にしましょう。それと、極上霜降りではなく、上ロースで」

そう持ちかけたときだ。

ドアをノックする音が聞こえてきた。

「誰か来たみたい」

「はいはい。待っとくれ～」

馨が出ると、客は区長の加藤《かとう》だった。加藤は去年役場を退職したばかりで、見るからに世話好きそうなおじさんだ。

「今晩、よろしく頼むよ、馨くん」

「ああ、はい。わかってますよ。六時半、公民館でしょ？」

加藤が馨の陰からひょいと顔を出して、比呂にまで声をかけてくる。

「先生も頼みましたよ」

念押しをされて、比呂はなんのことだかわからず首を傾げた。

「あれあれ、先生はすっかり忘れなさったんですか。今日は町内会の寄合いの日ではないですか。先週回覧版でお知らせしておいたんですがねえ」

「回覧版……あ、もしかしてあの、青いファイル」

先週、馨に手渡されたヤツだ。食器棚の上に放って——それきりにしてしまった。もちろん中身などまったく見てもいない。

「やば……俺、次のひとに回してない」

青くなった比呂に、呆れ口調の返答がある。

「ああ、それは大丈夫ですよ。このアパートでは先生が最後になってますから」

「よかった……」

ほっと胸を撫で下ろした比呂は、今度はべつのことが気になってくる。

「それって、全員参加――ですよね」

一応確認してみたのだが、わかり切った答えが返ってきた。

「基本的に一世帯一名は必ず参加してもらいたいところですね。先生の場合は特に今回が初めてになるわけですし、やはりここは参加してもらわないことには。ねえ、馨くん」

馨が当然という顔で頷く。

「……そりゃそうですよね」

仕方なく比呂も同意した。

じつは、これまで町内会の行事とは無縁に過ごしてきた。そのため、どういうものなのか、どれほど大変なのか想像できないだけに心配になる。

この調子で寄合いどころか掃除や催し物などいろんな場所に駆り出されたら――どうなるのか。本来の教師の仕事に影響が出ないだろうか。

「じゃ、そういうことでよろしくお願いしますよ」

加藤は比呂の不安には構わず、にこやかな笑みを置き土産に帰っていった。

「……知らなかった」

気が重い。そもそもフェアではないと思う。ひとりでも五人家族でも十人家族でも必ずひとりが出席しなければならないのなら、絶対的に独身者は不利だろう。

「ああ、そう。まあねえ、こういう町だから、寄合いが愉しみみたいなところがあるからな。でも、ま、月イチだし、慣れれば結構面白いし、どうしても用事があるときは断っておけば、あとからちゃんと誰が伝えにきてくれるよ」

独身者である馨が軽く流す。

月イチと聞いてますますプレッシャーになる――なんて、きっとこの町の人間である馨にはわからないにちがいない。

生徒たちのお手本となるべき比呂が、つき合いが悪いなんて言われるわけにはいかなかった。皆勤賞を推奨している立場上、まずは比呂自身が示すのが当然だろう。

比呂は、こっそりため息をこぼした。もちろん観念のため息だ。

とりあえず月に一回、なにを置いても参加するしかなさそうだ。

「ああ、忘れるところでした」

声とともにいきなりまたドアが開き、出ていったばかりの加藤が姿を現した。そうして今度もにこやかな笑顔で、なによりショックな一言を言い放ったのだ。

「今日はお弁当が出ますからね。晩ご飯はいりませんよ」

公民館。

六時半。

広い板張りの一室に集まった者たちが縦横四列に並べた長机に順に座っていくと、時間ぴったりに会合は始まった。

どうやら町全体ではなく、区の会合のようだ。天神町は三区からなっていて、比呂のいる場所は一区になるらしい。

「えーっと、始める前にちょっと紹介しておきますが、そっちに座ってなさる方が今度天神小学校に来られた安曇野先生です。五年生の担任をしてくださってます」

口火を切ったのは、区長である加藤だ。

一斉に大勢の目が比呂に向けられる。

「ああ、うちの孫の先生だ」

誰かがそう言い、

「まあまあ、こりゃまた垢抜《あかぬ》けて。さすが都会から来た先生はちがうねえ」

と、べつの誰かが感嘆する。まったく遠慮なく、みなが口々に比呂に対する評価をしていく。

その勢いに押されて訂正する間もなく、気恥ずかしさを覚えながら比呂は頭を下げた。

年寄りが多い、というより年寄りばかりだ。

馨と比呂のふたりが平均年齢をぐっと下げていて、次に若いのは三十代半ばくらいだろうか。半数以上は七十を越えているように見える。

町内会というよりも、敬老会と名づけたほうがいいのではないかと思うほどだ。

「じゃあ、早速。三年後にオープン予定のショッピングモールのことですが」

加藤の声に、それまでざわめいていた室内が水を打ったようになった。比呂はそれとなく周囲を窺いながら、いったいこれからなにが始まるのかと緊張していた。

「どうやら来月の入札説明会には、県内から十五ばかりの建設会社が参加する予定らしいです」

格式張った進行はここまでだった。そのあとは喧喧囂囂《けんけんごうごう》、気の置けない者同士自由に議論を戦わせだす。

「ショッピングモールはうちの町にできるもんだし、天神町の会社使うのが筋ってもんじゃないのかい」

「それが、そうはいかんらしいぞ。地べたは天神のもんでも、乗っけるものは三分の二が隣接都市や県から資金が出るし」

「……それはそうかもしれんが」

「けど、工事の間中、騒音や不便を強《し》いられるのは、やっぱり天神町のもんじゃねえか。それにうちの区内なわけだし、うちが一番大変なんだよ」

「それはもっともなんだが、うちだけの事情が通用するもんでもないことは、おまえさんにもわかってるだろう」

重苦しい雰囲気が漂い始める。

寄合いなど、年寄りの暇つぶしくらいに考えていたのだが、どうやらそんなのんきなものではなかったらしい。みなの表情も真剣そのものだ。

「俺はだいたい、ショッピングモール自体に反対だったんだ。他所《よそ》もんが多勢入ってくると、夜にはおちおち外も歩けねえ」

三十代半ばのくせしてそんな閉鎖的な意見を苦い顔で吐き出したのは、守山という男で、どうやら比呂のクラスにいる守山の父親らしい。顔は似ているが、娘に比べて父親は頭が堅いようだ。

「ワシも反対じゃ」

七十歳代の老人も同意する。各々好き勝手に反対だ賛成だと言い始めて、収拾がつかなくなってきた。

と、そのときだ。ぱんと、手を打つ乾いた音が響き渡った。

「待ってくれ。ショッピングモールができることについちゃ、住民投票で決着がついたことだろう。いまさら蒸し返して話すことじゃない」

朗々とした声は、比呂の隣からだった。

馨だ。全員、比呂を除けば一番の若造である馨の話に黙って耳を傾けている。

「確かに町外県外からいろんな人間が集まってくれれば、それによって不都合なことが起こるだろう。対策を十分に取っていかなければならないのは、事実だ。けど、そういうのも承知のうえで、天神町の負債が年々増えていくことや過疎化が進んでいくことを考慮して、みんなで賛成したんじゃなかったのか。この町のよさを残すことは大事なことだ。でも、だからといって現状から目をそらし進歩を拒絶するのがいいことだとは、けっして思わない」

馨は馨だが、いつもとはまるでちがう。その顔つきも、話し方も、とても比呂にチュウを迫ったのと同じ男だとは思えない。

比呂は驚いて、隣の馨をまじまじと見つめた。

「馨くんの言うとおりでしょう。決着のついた件を蒸し返したところで仕方がありません。重要なのはこれからどうするか、ですね」

馨の言葉を受けてそう言った加藤に、今度は誰も反論しない。やっと先に進んで、テナントや卸し関係の説明になる。

その際も、加藤はいちいち馨に確認を求めて、馨もごく当たり前のように頷いたり、ときには補足したりと話の中心になっている。

しかもそれを、比呂以外誰も不思議には思っていないようだ。

馨といえば、羽織りを引っかけた妙な格好をして、年寄りが働いているのを横目に昼間っからパチンコに入り浸るようなだらしない男のはずではないのか。

「……ちょっと、いいですか」

とうとう堪え切れず、比呂は挙手して進行をさえぎった。この新参者はいったいなにを言うのだろうと、みなの視線が比呂に注がれる。そのどれもが期待に輝いていて、下手なことは口にできない雰囲気だった。

「あ……あのですね」

この中で、どうしていちいち馨さんに確認するんでしょうか、なんて聞く勇気はない。かといって、いまさらなんでもありませんと言うのもどうか……。

「その……あのですね。えー……と、託児所のようなものはあるんでしょうか」

「託児所？」

「あ、はい。ショッピングモールとなれば、半日くらい過ごすひともいますよね。そうなると子どもはきっと飽きてくると思うんですよ。そういうときにちょっとした遊び場や読書スペースがあればいいですし、もっと言えば、保育士さんがいらっしゃったら親御さんは安心できるんじゃないでしょうか。町内から募集すれば、雇用にも繋がりますし」

もとより行き当たりばったりの思いつきだ。そもそもショッピングモールの規模すら知らないのだから。

が、いきなり加藤が手を叩き始めた。

「なんと！　さすが教育者だけのことはあられる。子どものことまでよくぞ考えられて――いやはや、感服いたしました」

それに呼応するようにみなが拍手をし始め、すばらしいとかさすがだとか褒めそやしてきた。

苦しまぎれに言っただけなので居心地が悪くて隣を窺うと、馨まで一緒になって手を叩いている。

「とてもいい意見です。ぜひに上のほうへと上げたいと思うのですが、どうでしょうか、みなさん」

「賛成！」

引っ込みがつかなくなるというのはこういう感じだろう。そして、満場の拍手に苦笑いで応える比呂は、このあと気になってしようがなかった肝心の件についても知ることになったのだ。

「馨くん、頼みましたよ」

加藤が満足げな声で締め括った。

馨が承知し、みんなが頷き、比呂だけが首を傾げた。

「どうして馨さんに『頼みましたよ』なんですか」

二度目の注目を浴びる。でも、今度はやや呆れぎみだ。あんた、そんなことも知らなかったのかいと笑う年寄りもいる。

「馨くんは役場の職員なんですよ。こう見えても雑務・処理課の係長なんだから」

「……は？」

驚いた、なんてものではない。近年、これほどびっくりしたことがあっただろうかと思うくらいに驚いた。が、それも致し方ない。いったいどこの世界にこんな公務員がいるというのだ。

「係長って言っても、俺が作った部署で、俺ひとりしかいないんだけどさ」

馨が笑う。比呂はとても笑う気にはなれない。

「で、でも、この前も真っ昼間っからパチンコに行くって言ってたしっ」

いつの話かわかったのか、馨は指をぱちんと鳴らした。

「ああ、あの日は町内巡回の日だったな」

「町内巡回？　パチンコが？」

「それはな、俺の巡回コースにたまたまたまパチンコ屋が入ってるだけでね」

嘘つけ。たまたまなはずないだろ！

これは心の叫びだ。口に出すのが憚《はばか》られるくらい、なぜか一区のみなは馨に対して絶大な信頼を寄せている。

「いやいや。馨くんの巡回のおかげで、困ったひとが救われたことも一度や二度じゃないんですよ」

加藤が口を挟む。年寄りたちが賛同して、ひとりが感慨深げにこう続けた。

「ワシもぎっくり腰になって横断歩道の真ん中で立ち往生したときには……いやはや、馨くんは命の恩人じゃよ。あのままいたらどんな目に遭っていたか」

「……恩人」

確かに比呂も馨のおかげで集金袋を見つけられたのは事実だ。生徒に拍手で迎えられたのも、聡から嬉しそうな表情を引き出させたのも――それから毎日旨い飯が食えるのも、みんな馨のおかげだった。

「で、でも、こんなふざけた格好した公務員って、許されるんですか？　役場の人間なら普通はスーツ着て――」

比呂は途中で言葉を切った。ほんの一瞬だったが、馨のまなざしが思いのほか真剣に見えたからだ。

「これが俺の戦闘服、なあんてね」

すぐにまたいつもどおりのへらりとした笑顔になったので、比呂以外は気づかなかったかもしれない。

だが、比呂の口を塞ぐには十分だった。

「まあまあ、そのへんはお隣同士なんだからふたりで話をしてもらうとして、他になにか意見はないでしょうかね」

加藤が話を戻し、以降も三十分ほどショッピングモールの話題で意見を交し合うことになる。

その間比呂はべつのことを考えていたのだが——もやもやとした気持ちが湧き上がってくるのを止められなかった。

なんだ。

「比呂のためなら」とか言ったくせして、仕事だったんじゃないか。困っているひとを見つけたら、誰にだって手を差し伸べて助けてやるんじゃないか。思わず眉根が寄りそうになり、そんな自分に啞然とする始末だ。

なにを考えているのか。困っているひとに手を差し伸べるのは当たり前のことだ。比呂だけが特別、なんてあるはずないし、信じていなかったはずだ。

「…………」

いつの間にかみなは、世間話に花を咲かせている。配られた弁当を突《つつ》きながら、わははと笑い声に混じって、馨の声も聞こえている。

それから間もなくして、寄合いはお開きとなった。

「足りねえ感じしない?」

靴を履いているとき、馨がそう声をかけてきた。

「すき焼きは後日としても、うどんとかならできるけど、一緒にどうよ」

「うどん?」

思ったよりも豪華な弁当を食べたばかりだが、弁当は弁当だ。すき焼きを食べる気満々だった比呂はもちろん物足りないに決まっている。

迷いつつも食べると答えようとしたが、そうする前に背後から声がかけられた。

「馨くん」

振り向くと、そこにいたのは聡の母親の蓉子だ。『阿比留』の割烹着姿も綺麗だと思ったが、私服だとなおさらいい。

蓉子は小首を傾げて、馨に話しかける。

「悪いんだけど、いまからうちに寄ってくれないかしら」

「……いまから?」

馨が不思議がるのも無理はない。もう二十一時を過ぎている。いくら馨が町のお助け係でも女性の家を訪ねていい時間ではない。しかも、この場合私情が多分に含まれてそうだし、余計にまずいのではないだろうか。

周りを窺ってみたが、誰も気にしてないのか、それともいまの話が聞こえていなかったの

か、みな知らん振りだ。

「ごめんね。聡が連れてきてって聞かなくて」

蓉子の言葉に、馨が思案顔で頭を掻く。

「ま、そっか。最近ふたりで遊んでないしな」

だが、悩んだのは短い間だった。

「わかった」

いともあっさり承知して、比呂に笑顔を向けてくる。

「悪い。先帰ってて。俺もすぐ帰るし」

どうやらまだうどんは有効のようだが、比呂自身は、もう食べたいという気持ちはなくなっていた。

「べつに、俺はいいから。お気遣いなく」

一言言い残すと、後ろを振り返らずに公民館を出てアパートへひとりで戻ったのだ。

部屋のドアを閉めてから、悪態をつく。

隣はどうせ留守だ。いくらでも声が上げられる。

「……うどんは、どうなったんだよっ。自分から誘ったくせに。なんだ、あの顔。鼻の下伸ばしちゃって、見られたもんじゃねえっての」

馨に対する文句を並べ始めると、本気でむかついてくる。聡をダシにすること自体どうかと思うし、こんな遅い時刻から子どもと遊ぶなんて有り得ない。

「だいたいおかしいんじゃないの」

そもそも聡だけ特別扱いしていいか悪いか、考えるまでもなかった。馨自身「よくない」と言いながら甘やかして——これでは蓉子との関係を疑うなというほうが無理な話だ。

「——嘘つき」

なにがオアシスだ。

なにが一目惚れだ。なにがチュウだ。

冗談にしても、たちが悪すぎる。

「ロクデナシ。軽薄。尻軽。おまえなんかの口車には今後一切のらないからな!」

言いたいだけ言って、比呂は口を閉ざした。

ばかばかしい。馨なんて関係ないし、比呂がいまさら文句を並べてもしようがない。馨と馴れ合う気などこれっぽっちもなかったのに、親しくなってしまったのが間違いだった。

ぶんぶんと頭を左右に振った比呂は、なにをやっているのかと自分に脱力する。

きっと、すき焼きが食べられなかったから苛立っているのだろう。

「——風呂に、行こ」

しんと静まった部屋に響く自分の声がやけに大きく響き、その理由に気づいて落ち込む。

いつの間にか賑《にぎ》やかな日常に慣れていたらしい。

ため息をつきながら比呂は風呂の準備をすると、銭湯へ行くために重い足取りで部屋を出た。

ごゆっくりと言ったせいでもないだろうが、馨は本当にゆっくりしてきたようだ。

耳をすまさなくても、馨の帰る音が聞こえてきた。

昨夜、隣室は長い間静かで物音ひとつしなかった。断じて気にしていたわけではないが、なんとなく寝そびれてしまったせいで比呂は馨が帰宅したのがもう深夜二時近かったことをちゃんと知っている。

その後、うつらうつらしたものの、今朝は早くから目が覚めてしまった。休日ということもあり、布団から出る気にはなれずいつまでもぐずぐずしてしまっているのだ。

ドアがノックされる。いつもどおり、比呂の名前を呼ぶ声が耳に届いた。

「ひろりん、ご飯だよ～」

一度はいらないと返答しようと口を開いた比呂だが、腹の虫のせいでそうはいかなくなった。

「…………」

人間はかくも素直な生き物だ。

じっとしていても腹は減る。それに、作ってもらったものを無駄にするわけにはいかないだろう。明日からは自分でなんとかするからと、断ればいいのだ。そう言い訳をしつつ比呂は布団から起き上がった。

「……五分で行きます」

結局そう言って、着替えと洗顔をすませて部屋を出た。

「おっはよ、ひろりん」

普段から能天気な馨は今日も変わらず能天気で、こっちの気分なんてお構いなしだ。

「身体にいい粘りシリーズにしてみました」

その言葉どおり、卓袱台に並ぶのは納豆、オクラの大根下ろし和え、味噌汁の具はなめことワカメだ。それから、いい焼き加減の鮭《さけ》。こんもりと盛られたご飯からは白い湯気が立ち昇っている。

比呂も他人のことはあまり言えない。だるい身体も心も、これだけで癒されてしまうのだから。

手を合わせた比呂を、馨が覗き込んできた。

「ひろりん。今日のご飯、気に入らないんだ？」

「え、なんでですか」

むしろ、現金な自分に呆れているくらいだ。

「なんだか、浮かない顔して見えるからさ」

「………」

どういうわけか、馨は比呂の些細な変化を読み取るのがうまい。初めからそうだった。

「べつに、なんでもありません」

箸を手にしたままなんとなく睫毛《まつげ》を伏せると、馨はさらに身を乗り出してくる。

「──比呂」

「あ、もしかしたらあれかもしれません。寝不足。馨さんがすっごく遅く帰ってきたりするから、うるさくて目が覚めちゃったんですよね。もう、迷惑」

目は落としたまま早口で答えた比呂の髪に、ふいに手が伸びてきた。くしゃりと、軽く掻き混ぜるようにされて、慌てて身を退いて逃れる。

「……なんなん、ですか」

厭だという意味だったのに、なにを勘違いしたのか、馨は照れくさそうに目を細める。

「比呂が妬《や》いてるから。俺が昨日、蓉子さん家に行ったのが気に入らないんだろ？」

「なっ、なっ、なに言ってんの！」

反射的に声を上げる。

まさかこんなことを言われるとは思わなかった。まさに寝耳に水だ。

言うに事欠いて妬いてるなんて――冗談じゃない！

「なに自惚《うぬぼ》れてるんですか。お……俺がなんで妬かなきゃ……ならないんですか。俺は――そう、うどん！　うどんのこと言ったんです！」

約束を破った馨を指差す。それなのに、馨はやはり嬉しそうな笑みを浮かべて、鼻の頭を掻いた。

「俺と蓉子さんは比呂が心配するような仲じゃないって」

「ひとの話聞いてます？　うどんだって言ってるでしょ」

すぐに反論したのに、馨にはまるで通じない。

「ま、うどんってことにしといてもいいんだけど、聡がさ、神経が過敏な子で、たまに癇《かん》癪《しゃく》起こしたりそのせいで眠れなくなったりすることがあって、そういうときはちょっと様子見にいってる。ほんとにそれだけだから」

しかも、比呂には十分驚くべき話だった。

馨がどう言おうと、聡を特別扱いしているのは明白だ。

「……優しいんですね。それとも、そういうの含めて雑務・処理課の仕事だったりするんですか？」

直後、比呂は自分の口を両手で押さえた。

なんてことを。

聡がちょっと心配な子だというのは、まだ短い期間とはいえ担任をしている自分にはよくわかっているはずだ。だからこんな台詞、絶対に口にしてはいけなかった。

自分自身が信じられず、肩を縮める。

「ごっ……ごめん、なさいっ」

指の隙間から謝り、顔を伏せた。馨の顔がまともに見られなかった。

機嫌を損ねても仕方がないのに、馨に怒った様子はない。比呂の両手に指を絡めるようにして口から外させると、まるで恋人にでも囁くような甘い声を耳許に触れさせたのだ。

「やっぱり比呂はいいな。俺の目に狂いはなかった」

耳朶《みみたぶ》のあたりがぞわぞわしたかと思えば、なぜかそれが足先まで伝わっていった。逃れたくて身を捩っても、馨が解放してくれない。

「比呂、可愛い。顔も可愛いけど、中身はもっと可愛いよ」

「……なに言っ――」

やわらかい感触を頬に感じて、すぐさま馨をぐいと押しやる。

「駄目……だって言ってんのに、チュウしたな」

どさくさにまぎれて、と文句を言ってやったが、自分の声に勢いがないことは比呂が誰より気づいていた。

「あ、ごめんつい。でもいまのは比呂のせいでもあるんだし」

「なに、勝手にひとのせいにしてるんですか」

このまま顔を合わせていたらどんな展開になるかわからなかったので、早々に退散しようと比呂は立ち上がった。

その足で玄関へと向かう。

「あれ?」

ちょうどドアが開き、満智と鉢合わせた。

「なにしてんですか、ひろりんさん」

「ひろりん呼ぶなっ」

なんの罪もない満智に思わず嚙《か》みついてしまったのは、やはり冷静ではないせいだろう。

「うえ、機嫌わる。兄貴と喧嘩《けんか》でもしたんすか」

「う……るさいなっ」

喧嘩なんてしていない。馨とは喧嘩にもならない。

「それとも、とうとう抑え切れなくなった兄貴に、妙なことをされちゃったとか?」

満智の馬鹿な発言には本気でむっとして、比呂は靴を履くと馨の部屋を飛び出した。

「比呂!」

馨の呼び止める声は耳に届いたが、もちろん無視だ。もとはといえば、妬いているなんて変な言いがかりをつけてきた馨のせいなのだ。

「兄貴ぃ！」

薄すぎる壁の向こうから、ふたりのやりとりが明瞭に聞こえてくる。

「なんだよ、満智。役に立たねえな。なんで引き止めてくれなかったんだよ」

馨の声音はあからさまに残念そうで、がっくりと肩を落としている姿まで容易に想像できる。

「いや、お言葉ですがね、兄貴。ひろりんさんには手も足もついてるんっすから、力ずくでもない限り、それは無理でしょ」

「だから、おまえがひろりん呼ぶな！　俺のひろりんに向かって」

「す、すみませんっ」

なにをじゃれついているのか、どたんばたんと騒音も響いてくる。

「で、でも……もとはといえば兄貴が逃げられるようなことをしたのが……っ」

そうだ。全部馨のせいだ。

「う……うるせえぞ、満智！　つーか、おまえなにしにきたんだよ。ふらふらしてねえで、じっちゃんの手伝いしてやれ」

さしもの馨も心当たりがあるのか声音がやや上擦《うわず》った。

もっと言ってやれと、比呂は心中で満智を応援する。

「まあまあ、兄貴。あとでご機嫌取りに行けば大丈夫っすって」

「そりゃ、行くけどよ。おまえに言われると、なんか腹立つんだよ」

がちゃがちゃという音は、茶碗のぶつかる音だろう。そういえばご飯を食べ損ねたと気づいたが、すっかり食欲も失せている。

比呂はテーブルに頬杖をついて、特大のため息を吐き出した。

いったいなにをやっているのだろう。馨が誰となにをしようが、自分にはまったく関係ないことではないか。

――関係ない。

そうだ。お隣とはいえ、最初はこれっぽっちも共通点のない者同士だったし、近づくまいとすら思っていたのだ。ご飯にさえ誘われなかったら、誘われても断ることができていたら、いまでも接点はなかった。

いや、いまからでも遅くはない。接点がなくなれば、きっとこのもやもやした気持ちだってなくなるにちがいない。

「料理、しよう」

これまでまったくチャレンジしてこなかった料理をしてみよう。料理さえできれば、馨に世話にならなくてすむ。なに、やってみれば案外簡単だったなんていうことになるかもしれない。

財布を摑み、ポケットに押し込んで比呂は部屋を飛び出した。

近所にあるこぢんまりとしたスーパーに行くと、早速材料を買い込む。なにをどれだけ買っていいかわからず、適当に選んだ。

帰り道に小さな本屋を見つけて、料理本も手に入れる。

失敗しない男の料理――これでばっちりだ。本を熟読すれば、大失敗することなど百にひとつもない――はずだ。

家に着くと、すぐに取りかかる。

「なににしようかな、と。うわ、旨そう」

ページを捲ってみると、おいしそうな料理のカラー写真が掲載されていて、時間も忘れてうっとりと眺めてしまう。

腹が減ってたまらなくなった。

「早く食いたい」

できるだけ簡単そうなものはないかと探してみると、うってつけのヤツがあった。これなら簡単そうで、間違いなく旨い。

揚げ物。

フライ、カラ揚げ、天婦羅。どれも比呂は大好きだ。

「揚げ物、揚げ物」

スーパーの袋の中からさつま芋と鶏肉、それから茄子を取り出した。さつま芋と茄子は天婦羅で、鶏肉はカラ揚げと、計画を立てて本の手順どおりに進めていく。

「サラダ油を、火にかけて？　百八十度？　わかんないな……ま、いいか。適当で。とにかく揚げればいいんだろ」

包丁なんてほとんど握った経験がないから、切るだけでも一苦労だ。それでも一生懸命がんばって、なんとか準備は整った。

あとは揚げるばかりになる。

「……ん？　なんか、煙出てるんだけど」

首を捻りつつも、一番食べたい鶏肉を皿から鍋に流し入れる。

「うわあっ！」

途端に油が跳ね上がって、比呂は慌ててコンロの前から逃げ出した。

ぱちぱちと大きな音とともに、油が周囲に飛び散る。舐《な》めてかかっていたが、これはとんでもなく危険な料理なのかもしれない。

棚の陰から見守っていた比呂は、直後、はっとした。

「ほ……本が……っ」

火が強すぎたのか、コンロの横に開いていた本に燃え移った。まずいと思う間にも炎が上がる。あっという間だ。

「ど、どうしよ……っ」

それればかりではない。本を全焼させた炎は、近くの布巾にも燃え移っていった。

「か……火事になるっ」

咄嗟に周囲を見回してみても、ほとんどパニック状態の比呂にはどうしていいかわからない。右往左往する間にも、スーパーの袋にまで飛び火した。

「どうしよ……」

このままではとんでもないことになる。こんなボロアパートなんて、一瞬にして灰になってしまう。

「ど、どうしよ、どうしよっ。か……馨さん。馨さん、馨さんっ」

消火器と叫ぶつもりだったのに、なぜか無意識のうちに馨の名を呼んでいた。

「馨さん！　火が……っ」

わずか三秒後だ。比呂の部屋のドアが勢いよく開いた。

「どうした、比呂！」

部屋に飛び込んでくるや否や、馨は惨状を目にするとすぐさま外へと取って返し、今度は消火器を手に戻ってきた。

「どいてろ！」

まるで比呂を炎から守るように立ち塞がると、仁王立ちする。その後、見事な手際であっという間に消火したのだ。

ただ呆然と立ち尽くしていた比呂は、火が消えたのを見て安心した途端、へなへなとその場にしゃがみ込んだ。

「比呂。おまえ、なにやってるんだ！」

馨が、激しい口調で叱責してくる。眦《まなじり》を吊《つ》り上げ、見たこともないほど怖い顔をしている馨に、比呂は震え上がった。

「……ごめ……なさい」

言い訳なんてできない。ひたすら謝るだけだ。

「ごめんなさいじゃすまないだろ！　もう少しで火事になるところだったんだぞ。わかってるのか！」

「……わか……っ」

いまさらながらに事の重大さを悟るが、馨の剣幕のすさまじさに萎縮してしまって一言も返せない。比呂にできるのは、身を縮めることだけだ。

ふいに馨が大きく息をついた。そして、床に膝《ひざ》をつくといきなり比呂の背中に両腕を回して——ぎゅうっと強く抱き締めてきた。

「勘弁してくれ。寿命が縮んだぞ……マジで」

「……………」

「あんまり心配かけんなよ。目が離せなくなるだろ」

「……馨さん」

馨の言葉に嘘はない。比呂を抱く馨の肩はいまだ荒い呼吸のせいで上下している。声もそうだ。いつもとはちがって、微かに震えていた。

本気で比呂のことを心配してくれているのだ。

「ごめんなさい。馨さん」

心から申し訳なく思って謝ると、馨は比呂から身を離し、顔や手を確認していった。

「怪我《けが》はないか」

「……大丈夫」

黙ってされるがままになっていた比呂は、その間、妙な心地に囚《とら》われていた。

「そうか。よかっ……あるじゃねえか！」

油が散ったときのものだろう、手の甲にひとつ、赤い痣《あざ》を見つけた馨が顔色を一変させる。小さくて、なんでもない火傷《やけど》だ。

「た、大変だ」

だが、馨の慌てようときたら、消火器を摑み取ってきたとき以上でなんだか比呂はおかしくなる。笑っている場合ではないと、わかっているのに。

「このくらい、なんでもない」

「なんでもなくはないだろ！　待ってろ。いま薬を持ってくる」

馨は口をへの字に歪めて黙って出ていき、戻ってきたときにはその手に軟膏《なんこう》を握っていた。火傷にそれを塗ってくれる間も渋い顔をして押し黙っていた馨は、蓋を閉めてからようやく口を開いた。

「怒鳴ったりして、悪かったよ」

「そんなの」

比呂はかぶりを振る。

「俺が悪かったんだし」

馨が来てくれなかったら、いま頃どうなっていたか。想像しただけで背筋が寒くなる。

「比呂さ」

馨の、比呂を見る目はいつになく真っ直ぐだ。いや、そうではない。馨はどんなときでも真っ直ぐに比呂を見ている。

「飯なら俺が作るって言ってるだろ。チュウしろなんて迫らねえよ。無理やりじゃ意味がないしな」

「……でも」

それでは世話をかけっぱなしだ。そう思った比呂の気持ちを察したのか、

「あのなあ」

馨は、比呂の両手を取った。

「比呂のこの手は、無理して料理をするためのものじゃないだろ?」

「……え」

「チョークを持つ手だ。それから、子どもの手を引いてやる手。ちがうか?」

「………」

意外な言葉に、馨をじっと見つめる。そんなふうに考えたことはなかった。

「そんな大事な手に怪我でもしてみろ。なにもできなくなっちまう。比呂には比呂にしかできないことがあるだろう?」

「………」

確かに、比呂にだって夢はある。野望と言ってもいい。まだ誰にも話してないけれど、教え子の中のたったひとりでもいいから、

「比呂先生に習って、先生になろうと思いました」

そんなふうに思って教職についてくれたら——なんて大きな夢を抱いているのだ。

「他人に助けてもらうことは、けっして恥ずかしいことじゃない。できないことを無理にしようとするよりも、できないことは誰かに助けてもらって、自分ができることを一生懸命する。大事なのはそっちじゃねえか? 俺はそう思うけど」

「……馨さん」

比呂は、目の前の馨を真っ直ぐに見つめた。

どういうわけか、胸が苦しい。

そのわけに、比呂はすぐに気がついた。

鼓動が速くなっているせいだ。呼吸もままならないほど、心臓が激しく脈打っている。

なぜ？

「せっかく一緒にいるんだから、助け合おうよ。な、比呂」

馨がほほ笑む。その顔は、比呂の目には誰よりも格好よく映った。

おかしい。

馨のことが、いままで会った人間の中で一番格好よく見えてしまう。

「だからさ、飯食いにおいでよ。腹減ってんだろ？　片づけはあとで一緒にやればいいから」

促されて、比呂は立ち上がった。足に力が入らないのは動揺のせいか、それとも別の理由のせいか判然としないままふらつきながら馨の後ろを追いかける。

「馨さん、ありがとう」

言いそびれていたお礼を口にすると、肩越しに振り返った馨はにっと唇を左右に引いた。

「どういたしまして」

「…………」

やっぱり、格好いい。

どうやら比呂の目は、おかしくなったらしい。いや、目だけではない。さっきから心臓も変だ。

いったいどうしたというのか。

比呂は戸惑い、心中で自問自答する。幸か不幸かすぐに答えを見つけてしまった。なぜなら、それほど難題でもなかったから——。

もっとも比呂自身、歓迎できる答えではなかったので、なにかの間違いだと即座に打ち消すしかなかったのだ。

4

季節は夏へと移っていき、夏休みが近づいてくる頃には学校生活にも町にもすっかり馴染《なじ》んだ。

教壇に立つと、全開にした窓から夏の風を感じられるこの季節が、比呂《ひろ》は一番好きだった。

「じゃあ、次。二十六ページの五行目から——えーっと、鈴木《すずき》さん読んでください」

「はい」

鈴木が立ち上がり、元気よく音読し始める。椋鳩十《むくはとじゅう》の名作『大造《だいぞう》じいさんとガン』の最後の小節をすらすらと最後まで丁寧に読み終えた。

「ありがとう。座っていいよ。さて、ここでは大造じいさんの心情について話し合おうか。大造じいさんはどんな気持ちで残雪《ざんせつ》を放したのか。飛び去っていく残雪を見てどう感じたのか。大造じいさんの言葉や行動から想像してみましょう」

「はーい」

早速二、三人の手が挙がる。続けて、クラスのほとんどの子が手を挙げていった。総合的な学力はさておき、発表に関して言えばいまのクラスはみな積極的だ。中にはまるで低学年のように、「はいはいはいはい」と自分をアピールする生徒もいて、ほほ笑ましい。

教室を隅から隅まで見渡して、最後に真ん中で目を止める。最早癖になってしまったそれは、そこに聡《さとる》が座っているせいだ。

俯《うつむ》き加減の聡はもちろん挙手していない。聡が自分から積極的になにかをしようとしたことなど、いままで一度としてなかった。

聡を気にしながら何人かを当て、その都度意見を交換しながら頃合いを見て比呂は教壇を下りた。

机の間を縫って、聡に歩み寄る。

「前田《まえだ》くん。前田くんはどう思う?」

目の前に立つとプレッシャーを与えそうだと気遣い、少し離れた場所で足を止めて質問すると、何度となくくり返されてきた答えが返ってきた。

「……わかりません」

「そうか」

比呂は頭を掻《か》いた。

「それじゃあさ、鈴木さんの読んだところ、前田くんもう一回読んでみようか」

「………」

返答はなく、のろい動作で聡が席を立つ。聞き取りづらいほど小さな声で読み始めた。

「聞こえませ～ん」

「もっと大きな声を出してくださーい」

他の生徒からの要望を受け、聡の声はますます小さくなり、消え入るほどになる。

「ちょっと静かにしようか」

比呂はみなに言って、辛抱強く聡が読み終わるのを待った。

「はい。それじゃあ、いまのところで大造じいさんの気持ちを考えておいてな」

意見を問うところまではせず聡を座らせて、手を挙げている子を指名した。

どうすればいいのかと、聡のことは気になっている。特別成績が悪いわけでもないし毎日登校しているが、とにかく消極的で協調性に欠けるのだ。

打ち解けようという気持ちが少しも感じられないから、周りも徐々に相手にしなくなったし、比呂自身、聡には敵対視されているような気がして持て余しているというのが現状だ。

思いあたるふしと言えば——馨《かおる》だ。

どうやら聡は、馨を比呂に奪われてしまうとでも思っているようだ。これればかりは、そんなことはないと説明したところでどうにもならない。

だが、聡をここまで甘やかした馨の責任は重いだろう。他人の子にどうしてこれほど手をかけているかについてはさておき、馨はちがうと言うが、やっぱり蓉子《ようこ》となにかあるとしか思えない。

実際比呂は怪しいと思ったし、この前、『阿比留《あひる》』のおばさんも、

「馨ちゃんもそろそろ身を固めないとねえ」

などと言ってため息をついた。その視線の先には蓉子がいて、蓉子も厭《いや》がっているようには見えなかった。

「………」

比呂は、小さくかぶりを振った。

いや、蓉子のことはいい。大事なのは聡だ。

「えーっと、そうだな。じゃあ、いままでみんなが言ってくれたことをまとめてみようか」

そう切り出してみたものの、授業の終わりを告げるチャイムが鳴る。

「せんせえ。まとめは明日〜」

守山《もりやま》が日直の号令も待たず立ち上がった。

次は給食だ。

比呂も教科書を閉じ、教壇に戻った。

「はい。じゃあ続きは明日。日直さん」

「きりーつ」

日直の号令に生徒たちが立ち上がり、礼をして解散する。

「給食当番は準備して」

がやがやと騒ぎ始めた生徒たちに負けないくらいの大きな声を出して、準備を促した。

「前田くんも給食当番だよね。準備、急ごうか」

聡にも声をかけたが、返事はない。上目でちらりと比呂を見ただけで、相変わらずマイペースでのろのろと給食着を身につけている。

「早くしろよ。みんな待ってんだぞ」

菊池《きくち》が急かす。体育会系の性格の菊池は聡を見ていると苛《いら》つくらしく、クラスの中でも一番辛辣だ。

それでも、聡は急ぐ様子は見せなかった。

「ったく……グズなんだよ」

口に出したのは菊池ひとりでも、大なり小なり他のみんなもそう思っているのは顔を見ればわかる。やはりこのまま放っておくわけにはいかないだろう。

「前田くん、本当に急ごう！」

帽子を被ろうとしている聡の肩を両手で持って、後ろから少し追い立てるようにして並ばせる。聡は謝ることもせず最後尾につくと、ひょこひょこと歩いて給食室へと向かう列についていった。

今日の放課後こそ聡を引き止めて話してみようと決意しながら、比呂は小さな背中を見送った。

給食を終えると、その後は五時間目と帰りの会で一日が終わる。さようならの挨拶をすませてから、比呂は聡を呼び止めた。

ランドセルを背負おうとしていた聡は、不審げな目を比呂に向けてきた。

「先生、前田くんと話がしたいんだけど、今日は大丈夫そう？」

できるだけ深刻にならないよう気をつけたつもりだが、聡の頑なな表情は変わらない。唇を引き結んだまま小さく頷くだけだ。

比呂が教室を出るとちゃんと後ろをついてくるので、本来は素直な性格なのだろう。空いているパソコン室に入って、比呂は聡と向かい合った。

なにから切り出せばいいのか迷ったあげく、結局、持って回った言い方をするよりも直球で勝負することにした。

「前田くん」

「…………」

「前田くんはみんなと仲よくしたいよね。みんなだっていろいろ前田くんに言うのは、厭だからじゃなくて、前田くんが打ち解けてくれるのを待ってるからだと思うんだ」

「…………」

「でね、先生考えたんだけど、『おはよう』でも『さようなら』でもいいから、前田くんのほうから話しかけてみるってのはどうかな。みんなに言わなくても、誰かひとりにだっていいんだし」

小学生に対しての言葉としては月並みだ。でも、比呂だってどうしていいかわからず、頭を抱えているのだ。

「どう？　簡単だろ？」

「……べつに」

聡がここへ来て初めて口を開いたので、比呂は一言一句洩《も》らすまいと耳を傾けた。

「仲よくなんて……したくないし」

だが、聡の口から出たのはやっぱり強がりだ。

「そんなことないだろ？　友だちはやっぱりいたほうがいいし」

噛《か》んで含めるように言っても聡は受け止めようとはしない。比呂の言葉など、初めから聞くつもりもないようだ。

「でもね、前田くん。寂しいから馨さんに甘えたりするんだよね。先生さ、思うんだけど、馨さんに頼ってるうちは友だちができないような気がするんだ。馨さんは前田くんを甘やかしてくれるから楽かもしれないけど、それじゃあ駄目だよ、やっぱり」

ふいに、聡の目つきが変わった。それまでの、どちらかと言えばおどおどした感じが消え、反抗心を剝《む》き出《だ》しにして比呂を見据えてきた。

「あのね。馨さんも、きっと前田くんにみんなと仲よくしてほしいと思ってるよ？」

どうやらこの一言は聡の地雷だったらしい。

「……そんなの嘘《うそ》だっ」

一言吐き捨てたかと思うと、その目が見る見る潤んでくる。比呂は、自分の失敗に気づいた。

「前田くん……」

「先生の嘘つき！　カオちゃんはそんなこと言わない。先生は、僕からカオちゃんのこと奪おうとしてそんな嘘をつくんだ！」

「う、奪うなんて……っ」

咄嗟《とっさ》に子ども相手に本音で答えそうになって、言葉に詰まる。私情を挟んでいる場合ではない。大事なのは聡で、比呂の気持ちなど関係ないのだ。

「そうじゃなくてね、先生は前田くんにみんなと仲よくなってほしいんだ。だから……」

「放っといてよ！　僕にはカオちゃんがいればいいんだから」

どうやらますます頑なにさせてしまったようで、聡からは拒絶しか感じられない。いままで以上に嫌われてしまったのは間違いなさそうだ。

「せんせ……ずるい。あとから来たくせして、他にいっぱいいるのに……なんでカオちゃんまで取ろうとすんの？」

聡の喉《のど》がひくりと鳴る。涙が、いまにも頬《ほお》にこぼれ落ちそうだ。

「取るなんて……先生はそんなつもりなんて」

どう答えればいいのか、言葉が見つからない。聡に責められて、絶対にちがうと言い切れないのもその理由だった。

「嘘だよ。だって先生、カオちゃんにご飯作ってもらって一緒に食べてるし」

痛いところを突かれ、うろたえる。

「な、なんでそれを……っ」

「お風呂にも一緒に入ってるって」

「もう入ってないから！」

これは本当だ。初日以来、誘われるまま一緒に銭湯に行っていたが、この間のボヤ騒ぎからは理由をつけてひとりで行くようにしている。馨もあえて誘ってこなくなった。

「でも、でも、ほとんど一緒に住んでるのと同じだって、前にカオちゃんが嬉しそうに言ってたんだもん！」

「そ、それは——っ」

よけいなことを。

確かに馨の話は誤りではないとはいえ、聡に話す必要はないはずだ。

「やっぱり先生……カオちゃんを独り占めしようとしてる……っ」

「う」

心に疚《やま》しいところがあるせいか、いちいち胸にこたえて返答に窮してしまう。おまけに、このあとの台詞《せりふ》には二の句が継げなくなった。

「先生、僕がカオちゃんに甘えてるって言うけど——先生だっておんなじだし！」

自覚していただけに、衝撃は大きい。

「僕なんかよりも先生のほうが、よっぽどカオちゃんに甘えてるじゃん！」

聡の言葉がずしりと胸に突き刺さった。自分でもいけないとわかっていることを生徒に指摘されてしまったこともちろんだが、それ以上に、なんの弁解もできない自分が情けなかったのだ。

ちゃんと説明すればそれはそれでもっとややこしい事態になりそうだし、かといって真っ直ぐにぶつかってくる聡に対してその場しのぎの嘘でごまかすのは——躊躇《ちゅうちょ》する。

言いたいことを言った聡は、比呂を睨《にら》むとパソコン室を駆け出していった。ひとり残された比呂は愕然《がくぜん》として、しばらく動く気にもなれなかった。

やっと自宅に戻ったのは、それから一時間後のことだ。

「おかえり、ひろりん」

馨に出迎えられて、ワイシャツの襟元《えりもと》を緩めながら「ただいま」と答える。

「先に風呂すませる？　それとも飯？」

二〇一号室。ここはもちろん馨の部屋だ。

「えっと……じゃあ、ご飯で」

鞄を置き、比呂はご飯茶碗と箸《はし》の置かれた卓袱台《ちゃぶだい》についた。

鍋を掻《か》き混ぜている馨が、お玉を片手に振り返る。にっこりと笑顔つきで。

「お疲れさん。今夜はひろりんの好きなハンバーグだよ」

「あ……どうも」

「ポタージュスープもあるからいっぱい食べてな」

「……ありがとう」

いつもなら手放しで喜ぶ比呂も、今日ばかりはそんな気分にはなれない。

——先生のほうが、よっぽどカオちゃんに甘えてるじゃん！

いまさらながらに実感する。駄目だとかそんなつもりはないとか言い訳をしながら、今日までどれほど馨に甘えてきたか。

「お待たせ～」

なにも知らない馨は上機嫌で皿を卓袱台に並べていて、その姿を比呂はじっと見つめてしまう。

比呂のことを別嬪《べっぴん》と言うけれど、馨自身、整った顔立ちをしている。背も高いし、体格も比呂よりいい。指の長い、大きな手をしている。

もう何度も比呂を救ってくれた、頼もしい手だ。火事を起こしかけたときも、比呂を叱り、この手でぎゅっと抱き締めてくれたのだ。

「ひろりん？」

呼ばれて顔を上げると、思いのほか至近距離で視線が絡み合って比呂はうろたえた。

「なに？　どうした？」

こっちの気など知らない馨はますます顔を近づけ、覗《のぞ》き込んでくる。

「な、なんでもない」

「そっか？　けど顔赤いぞ」

「え」

指摘されて、両手で頬を押さえる。その熱さに自分で驚く始末だ。

「あ、あれ？　おかしいな」

「熱でもあんじゃないのか――どれ」

いきなり馨の手が伸び、比呂の頬に触れてきた。

「なっ、なに……っ」

突然のことに慌ててしまった比呂に、馨は目を丸くする。

「なにって、熱をみようとしただけなんだけど」

過剰反応した自分が恥ずかしい。馨が戸惑うのは当然だ。

「……大丈夫だから」

意識しすぎだとわかっている。自分でもどうかしていると呆《あき》れるほどなのだ。

「比呂、おでこ触るけど、じっとしてて」

そう言うが早いか、ふたたび馨が手を伸ばしてきた。

身を退いて逃れようとした比呂だが、馨の手は構わず額に押し当てられる。

「ほんとに、熱なんてないのに……」

答えるうちにも頬が熱くなってくる。

「いいから、離して……ほしいんだけど」

首を振って逃れようとしても、馨の手のひらは離れない。これでは、本当に熱が出てきそうだ。

「熱がないのに……こんなに熱くなってんだ、比呂」

「……それは」

いや、もう手遅れのような気がする。もうきっと熱が出てしまったのだ。顔が赤くなるのも、熱くなるのも、馨の声がどことなく変な感じがするのも、そう思えば全部説明がつく。

「熱、出てきたかも……」

吐息混じりで答えた比呂に、

「そりゃ大変だ」

馨が声を上擦《うわず》らせた。やけに近くで聞こえると思ったのは当然で、驚くほどすぐ近くに馨の顔があった。

「……なに？」

額にあった手は、いまや頬に移動している。

「いや、比呂が熱だと大変だろ。学校があるわけだし。だから俺に移すといいよ」

「かお——」

馨はなにを言っているのだろう。意味がよくわからない。

戸惑ううちにも、ふたりの距離はますます近くなる。

直後だった。ぷにと、唇にやわらかいものが触れた。

「…………」

理解するのに数秒を要する。我に返った比呂は慌てて後退《あとずさ》り、ごしごしと袖口《そでくち》で拭《ぬぐ》った。

「……ばっ、ば、馬鹿……っ、なに考えてるんだよっ」

比呂の気も知らずに馨はまるでジャムの味見でもするように、舌でぺろりと自分の唇を舐《な》めてみせる。その仕種《しぐさ》にもますます動揺して、耳朶《みみたぶ》まで熱くなってくる。

「こ、こんなことす……るなんて、信じられないっ」

じっと見つめられると心臓が壊れそうになる。

「そう言うけど、比呂、いまの場合はしょうがない」

「しょうがない、って、なに開き直ってるんだよ。こういうことはしないって言ったくせに——約束破ったな」

自分のことは棚に上げて責めると、あろうことか、馨は自信満々でとんでもないことを言い出した。

「ああ、約束を破った。でも、いまのは比呂に誘われた。だから、俺が破ったのは、半分は比呂のせいだ」

「お、お、俺が……誘っ……」

あまりの言い様に、恥ずかしいやらびっくりするやらで反論できない。二の句が継げないとはこのことだ。頭と顔がかっかとしてきて、いま口を開けば墓穴を掘ってしまいそうだった。

比呂は口を引き結んだ。

ひとの気も知らず、キスなんて軽々しくしてきた馨が、なんだか憎らしくなってきた。

黙ったまま卓袱台に向き直ると、箸を手にする。馨を無視して、目の前のご飯をがっと掻き込んでいった。

なにがむかつくかといえば、馨の態度だ。

最近の比呂は馨のことばかり考えているのに、変になるくらい毎日考えているのに、馨は少しも変わらない。比呂ほどには、比呂のことで悩んでくれてはいないのだ。

「ごめん、比呂。俺が悪かった。俺の勘違い。だからもう仲直りしよう。な?」

そのくせ、すぐに折れてきて――。

「ほんと、悪かったよ。もう絶対にしない。誓う。どんなにひろりんが可愛くても、指一本触れません」

両手を合わせて謝ってくる馨に、比呂はご飯から上げた視線を、馨へと向けた。

人懐っこい笑顔だ。でも、この笑顔は比呂だけに向けられるものではない。おそらくは天《てん》神《じん》町の誰もが目にしているのだろう。

「馨さんは……可愛いとそういうことしたくなるんだ」

些《さ》細《さい》な憎まれ口のつもりで切り返したが、自分がその答えを想像していなかったことに、馨の返答を聞いたあとから気づいた。

「そりゃまあ、当然だろ」

「当然、か」

鸚《おう》鵡《む》返しした比呂は、いままで熱っぽかった頬が、すうっと冷えていくのを感じていた。

――カオルちゃんは可愛いものが好きなんだもん。

生徒に言われた言葉が思い出される。

なんだろう。それと同時に、すーすーと胸の中を風が通り抜ける。

箸を置いた比呂は、立ち上がった。

「比呂？」

馨には唐突に思えたのか、不思議そうに首を傾げる。

「どうしたんだよ。もう食わないのか」

「……もう、いい」

「けど」

腕を摑《つか》まれ、膝立ちになった馨に下から覗き込まれた。比呂は目をそらし、手を振り払った。

「なんか、俺、気に障るようなこと言ったか」

「べつになにも……離してくれないかな。俺、忙しいし」

そう言うが早いか、するりと馨の手を抜け、その足で玄関に向かった。靴を履く比呂の背に馨の声がかかる。

「じゃあ、明日朝またおいで。比呂の好きなフレンチトースト作って待ってるから」

いつもならこれ以上ないほど魅力的な言葉にも返事はせずに馨の部屋を出て、隣の自分の部屋へと戻った。

「……最悪」

馨が八方美人なのはいまさらだ。雑務処理なんて言って昼間からふらふらして、町じゅうのひとに声をかけて、かけられて——いったいどこまでが仕事でどこからがプライベートなのかさっぱりわからない。

わからないから、比呂は馨の言動にいちいち怒ったり落ち込んだり過剰な反応をして、なんとか知ろうとしているのかもしれない。

「ほんとに、最悪だ」

馨も。

自分も。

この町に来たときには、まさか自分が同性に対して邪《よこしま》な気持ちを抱くはめになるなんて思いもよらなかっただけに、ショックは大きかった。

翌日、隣にはよらず食パンだけを齧《かじ》って家を出たので、三時間目には空腹で眩暈《めまい》がしそうだった。

慣れとは怖いもので、インスタントですませていたときはそれが普通のことだったのに、いったん充実した食生活を知ってしまうと以前の食事では満足できなくなっている。

ご飯を食べたと、腹も脳みそも認めてくれないのだ。

せめて給食は――と期待していたのに、こういう日に限って比呂の嫌いなものばかりだったせいで、生徒の手前無理やり流し込んだものの、余計に満たされない気持ちを引きずってしまうことになった。

「……はあ、旨いものが食いたい」

せっかく馨が朝食を作って、「ひろりん、ご飯だよ」と呼びにきてくれたのに、「もう食べたからいらない」なんて追い返してしまったのだ。

「ああ……もったいなかった」

愚痴が出るのもしようがない。時刻はすでに二十一時を回っていて、残っているのはもう比呂ひとりだ。しんと静まり返った校舎の中、下駄箱へと向かう自分の足音だけがひたひたと響いている。

大鏡の前を通るとき、背中がひやりとするのは夜の学校のお約束だ。もちろん学校の怪談なんて本気にしているわけではない。

「早く帰ろ――ひっ」

突然腕を掴まれて、喉から引《ひ》き攣《つ》れた声が洩れた。バランスを崩した比呂はそのまま肩を支えられ、教室の中に引きずり込まれた。

「あ……悪霊《あくりょう》、退散っ」

必死で身を捩《よじ》り、逃れようとする。が、比呂がもがけばもがくほど、拘束はきつくなる。

「しっ」

比呂を背後から羽交い締めにした手が、口許《くちもと》を塞《ふさ》いできた。パニックになった比呂は、ばたばたと手足を動かし暴れた。

「待て待て。俺だよ、俺」

そのとき、聞き慣れた声が耳許で聞こえて、動きを止める。そこにいたのは、いまのいままで比呂の頭を占めていた馨だったのだ。

「か、馨さんっ」

勢いよく振り返った比呂の口に、人差し指が当てられる。とりあえず頷《うなず》いた比呂は、声をひそめた。

「なんでここに？」

変に思うのは仕方ないだろう。まさかこんな時刻に学校を訪ねてくるとは、誰も思わないはずだ。しかも、学校のパソコン室にひそんでいるなんて。

「比呂こそ、どうしたんだよ、こんな遅くまで」

馨が腕時計を示してくる。

「プリントを作ってコピーしてたら、いつの間にかこんな時間になったんだけど――俺のことより、馨さんだよ。馨さんはなんでここにいるわけ？」

どう考えても、ひそんでいたとしか思えない状況だ。電気はつけられておらず、廊下の電灯と月明かりだけのパソコン室は薄暗い。一メートルの距離まで近づいてやっと顔が判別できるくらいだ。

そのうえ、教壇の下に隠れているなんてただ事ではない。

「不審者と間違われても文句言えないよ」

比呂が忠告すると、馨は意外にも肯定した。

「実際ひそんでたんだよ」

「え。でも、どうして――」

理由を問うつもりだった。が、ふたたび馨が手で口を塞いできたので、比呂は身を硬くした。

直後、引き戸の向こうでひとの気配がした。かと思うと、ゆっくりと引き戸が開けられる。廊下から差し込む電灯の光が、夜の侵入者の姿を浮かび上がらせた。

侵入者はふたり。

子どもだ。

あやうく立ち上がりそうになった比呂だが、馨に肩を押さえられてなんとか堪《こら》える。侵入者は、まさか教壇に比呂たちが隠れているとは予想だにしていないのだろう。

「見つかんなかったか、おばさんに」

大胆にも、声を抑える気はないようだ。

おかげで、誰なのかわかった。比呂のクラスの菊池だ。

「うん。大丈夫」

驚いたことに、そう答えたのは聡だった。

「そっか。じゃ、早速始めようぜ」

「……うん」

普段の様子から、菊池と聡のツーショットなど考えにくい。ふたりが仲よくしている場面を見たことがなかった。いったいなんの用があって、ふたりは人目を避けてパソコン室に忍び込んだのだろう。

菊池と聡は一台のパソコンに並んで向かうと、電源を入れる。小さい機械音とともにパソコンが起《た》ち上がり、液晶の明かりのおかげでふたりの顔が比呂の位置からでも鮮明に確認できた。

勉強熱心――と思いたいところだが、とてもそんな雰囲気ではない。まさかアダルトサイトでも盗み見ようとしてるのではと、固唾《かたず》を呑《の》んでを見守っていると。

「あったか」

菊池が聡に問う。

「ん……ちょっと待って……あ、あったよ」

聡が頷く。

「これだ。ショッピングモール建設について」

意外な単語に耳を疑った。

ショッピングモール。

およそ小学生のふたりに関係のあるものではない。そして、さらに小学生らしくない単語が出てきて、比呂はすっかり戸惑ってしまった。

「どうだ？　聡。なにかわかるか？」

「……うん。これといってないみたい。みんなが知ってることばっかりで……入札に関しては、なにもない」

「くそ。駄目か。他所《よそ》の市のヤツになんか落とさせてたまるかってんだ」

「大丈夫。そのうちきっとなにか情報が入るよ」

仲が悪いどころか、菊池と聡は相当親しい様子だ。信頼し合ってなければ、夜中に一緒に学校に忍び込むなんてしないだろう。

まもなくパソコンの電源を落とすと、ふたりは足音を忍ばせて帰っていった。

「……なに、いまのは」

教壇の下に馨とともにしゃがんでいた比呂は、息をつきながら質問する。さすがの馨もいまの光景には驚いたらしく、戸惑いを隠せない様子で比呂を見返してきた。

「悪い。ちょっとびっくりして」

同感だ。

「ほんとに。俺もびっくり……というか、いったいどうなってんだろう。馨さんはここにいたくらいだからなにか知ってたんだよね。ちゃんと説明して。どうしてここに菊池くんと前田くんが来て、しかも入札とか言ったのか」

「あ、ああ」

馨は歯切れの悪い返答をする。言いにくいことのようだ。

「俺にも知る権利はある。俺のクラスの生徒なんだから」

「……わかってる」

迷いを見せた馨が、ふいに立ち上がった。

「とにかく、家に帰ろうか」

結局、一言そう言って、先にパソコン室を出る。比呂にすれば、いますぐはっきりさせたい気持ちでいっぱいだったが、確かにここでは落ち着いて話を聞くことはできないと判断して、一緒に帰ることにした。

学校を出て真っ直ぐアパートへと戻り、馨の部屋で向かい合う。

「まいったな」

開口一番で馨はそうこぼした。

「なにかあったんだよね」

比呂が詰め寄ると、らしくなく重くなってしまっている口をようやく開いた。

「役場のサーバに侵入した奴がいた」

「侵入って――まさかハッキング」

自分で口にしながら、まるでテレビの中の台詞のように現実味がない。

馨は真顔のまま、顎《あご》を引いた。

「トロイの木馬っていうの、知ってるか」

「あ、うん。ホメロスの詩の？」

「そういう名前のコンピュータウィルスがあって、詳しい説明はしないけど、そいつが役所のパソコンに仕込まれた。まあ、ウィルス探知ソフトですぐに発見できるものなんだが、放っておくわけにはいかないだろ。アクセスログ調べてみたら、学校のパソコンだってことがわかったんだ」

それで――馨は学校のパソコン室にいたのかと合点がいく。

「けど、まさかあいつらだったとは」

苛立った仕種で、馨が頭を掻いた。

比呂にもようやく状況が摑めてきた。

菊池の家は建設会社だ。当然ショッピングモールの入札にも参加するだろう。他の市に持っていかれたくない気持ちはわかるし、そのために少しでも情報が欲しい気持ちも理解できる。

が、だからといって役所のパソコンにウィルスを仕込むなんて——論外だ。

「前田くんは……」

「菊池くんに頼まれたんだろうな」

「でも……普段は、そんなに仲がいいとは思えないけど」

菊池は、聡に対して不満を持っているように見える。実際毒づいているところを目にしたこともある。

そう言うと、馨は苦笑した。

「苛立つ理由が嫌いだからってばかりじゃないだろ。特に子どもは、往々にして反対の行動を取っちまうからな。ほら、好きな子ほど苛めるとか」

「そうかもしれないけど……あ、でもこの場合はちがうよ。いくら前田くんが小柄だからって、男の子なんだから」

比呂は笑ったが、同意は返らなかった。

「関係ないだろ、そんなの。少なくとも俺は気にしないけど」

「………」

意味深長な上目を流され、口ごもる。

いまのは菊池と聡の話であって自分には関係のないことなのに、どきどきしてくる。いや、自分のことはいい。いま大事なのは、菊池と聡のことだ。

「とにかく放っておくわけにもいかねえしな。明日にでも菊池建設に行ってくるよ」

そう続けた馨に、戸惑いながら比呂は切り出す。

「未遂みたいだし、親には言わないでなんとか穏便にすませられないかな。俺のほうからもそれとなく注意しておくし」

子どものしたことだ。なんとか守ってやりたいという心理が働き、馨に持ちかける。

だが、馨はまったく迷わず駄目だとかぶりを振った。

「未遂だったからこそ、わからせてやったほうがいい。いいか、入札の情報を不正に得ようとする行為は犯罪だ。刑法九六条の三、入札妨害。ついでに言えばハッキングもそう。不正アクセス禁止法違反。一年以下の懲役または五十万円以下の罰金。そんなつもりじゃありませんでしたじゃ通用しないんだ」

「……っ」

真顔の馨を前にして、いまさらながらに事の重大さを思い知る。確かに、未遂であるいまのうちに手を打たないと駄目という馨の言い分は正しい。

「だったら、俺もついていっちゃ駄目かな。俺の生徒だから、俺にも責任があるし。やっぱり知らん顔できないよ」

せめてもと頼むと、こちらは受け入れられた。

「そうだな。じゃ、一緒に行こうか」

明日の約束を取りつけ、この日は重い気持ちで自分の部屋へと戻ったのだ。

翌日は、いつもより長く感じられた一日を終えると、学校から直接菊池建設に向かった。

直行したぶん予定した時刻より十分早く到着してしまったため、比呂ひとり応接スペースで待つはめになる。

ソファに浅く腰かけ、落ち着かない気分でいると、

「お疲れ～」

事務所に屈強な男たちがわらわらと入ってきた。ベテランふうのおじさんがひとりと、金髪や銀髪の若者が四人、比呂を見ると、みながそこで足を止めた。

「こんなハイカラなアンちゃん、うちの町じゃ見たことねえな」

ベテランのおじさんが口火を切ると、若者たちが口々に賛同する。

「マジで見ない顔っすね」

「隣町からの客人じゃねえか」

「俳優かモデルじゃないか？」

「マジで？　写メっとくか」

無遠慮にも携帯でぱちりと写真を撮《と》ってくる者までいて、このままではなにを言われるか

わからないと判断した比呂は、ソファから腰を浮かせて作業員たちに話しかけた。

「菊池正通《まさみち》くんの担任の安曇野《あずみの》と言いますが、社長さんはまだ帰られませんか？」

おお、とどよめきのような歓声が上がる。

「坊の先生だったか。そういや新しい先生が来たって話を聞いたな」

「しっかし、先生ってより芸能人みたいだな」

「あ、そういやあいつに似てねえか。ほら、おまえんとこの美穂《みほ》ちゃんが好きなアイドルの——」

が、どうやら火に油を注ぐ結果となったようだ。

ここはおとなしく馨を待とうと決め、ふたたびソファに腰かけた。

それにしても、馨はどうしたのだろう。もう来てもいい頃だ。約束の時刻は三分前に過ぎている。

と、そのときだった。

「どうした。騒がしいぞ」

ドアが開いて、三十代半ばの男が入ってくる。年齢のわりに迫力があり、一目で社長——菊池の父親だとわかった。

立ち上がった比呂は、菊池の父親に一礼してから切り出した。

「正通くんの担任をしてます、安曇野です」

父親の目が比呂に向けられる。

「ああ、赴任してきたばっかりって先生かい？　で、なんの用です？　うちの小僧がなにか為出《しで》かしましたか」

鋭い眼光に怯《ひる》みそうになりつつも、なんとかその場に留まる。いまや父親のみならず、作業員までが比呂の次の言葉を待っているのだ。

「すみませんねえ、先生。こっちも忙しい身なんです。用件は手短かにすませてもらえると助かるんですが」

父親が、壁の時計に視線をやった。

「は、はい。すみません。あ、あのですね。じつは正通くんがですね……なんと言いますか学校のパソコンを――」

「壊したってのかい？」

どうやらせっかちな性分のようだ。答えを急ぐ父親に、馨を待たずにひとりで対応しようと比呂は腹を括《くく》る。父親として、わが子の不正を知るべきだろう。

「いえ、そうではなく、正通くんが、役場のパソコンに不正に侵入しまして――」

「侵入？」

父親が、不審げに眉《まゆ》をひそめる。俄《にわ》かに信じられないのは当然だ。

「はい。どうやらショッピングモールの入札に関する情報を得ようとしていたふしがあります……いえ、得ようとしただけで実際は得られなかったのですが、それでも不正は不正ですので、そのことをお父さんはご存じなのかと思い、お伺いした次第です」

「なんだって？」

菊池の父親が胴間声を響かせた。

「うちの奴が不正を働いたって仰《おっしゃ》るんですか。で、それを俺が知ってたと？　いいや、先生は俺が正通に指示してたんじゃないかと、そう言いたいんじゃないんですか」

「い、いえ、そんな……」

まずい。一触即発とはまさにいまの状況をいうのではないだろうか。ぴりぴりとした空気が場に張りつめる。さっきまで野次馬的なムードで遠巻きにしていた作業員たちも、一様に怖い顔に変わっている。

「わかりました。おい、誰か正通呼んでこい。先生の前で白黒はっきりさせようじゃないか」

やはり馨が来るまで待つべきだったか。

何匹ものヘビに睨まれたカエルの気分になり、できることなら初めからやり直したいくらいだった。

菊池の父親は比呂の前で仁王立ちしたまま、じっとして動こうとしない。白黒つくまでは逃がさないとでも言いたげだ。

それにしても、馨はなにをしているのか、あまりに遅い。遅すぎる。比呂がこれほど困っているのに、いったいなにをのんびりしているのだ。

と、そこへ菊池が姿を見せた。

「なんか用？　――あれ、なに、先生じゃん」

「き、菊池くん」

「正通」

父親が比呂と菊池の間に割って入る。

「おまえの先生が、おまえが不正にショッピングモールの入札情報を得ようとしていると仰るんだが、本当か？」

「入札？　なにそれ」

菊池は顔色ひとつ変えずに首を傾げた。とても嘘をついているようには見えない。おそらく比呂も信じただろう。現場さえ見ていなかったら。

「菊池くん。きみがしようとしていることが、大変なことだとわかってる？　刑法九六条の三、入札妨害。それから不正アクセス禁止法違反。きみがいくらみんなのことを思ってしたことでも、立派な犯罪なんだよ？」

馨に昨日教えられたとおりのことを説明する。

「菊池くんだけじゃない。パソコンに詳しい前田くんに協力してもらったら、前田くんも同罪になるって意味なんだ」

聡の名前を出すと、さすがに動揺したのか菊池は視線を揺らし始めた。

「正通。先生の仰っていることは本当なのか」

父親が菊池に詰め寄る。

緊張がピークになった、ちょうどそのとき、

「邪魔するよ」

ようやく馨がやってきた。

「か、馨さん……っ」

馨の顔を見た途端、ほっとした比呂はその場にしゃがみ込みそうになる。菊池の父親や周囲を取り囲んでいる作業員は不穏な空気をかもし出していて、比呂ひとりで立ち向かうには荷が重すぎた。

「馨」

そう呼んだのは菊池の父親だ。馨の登場に、それほど驚いた様子がないのは、馨が雑務・処理課だからなのかもしれない。

「邪魔するよ、皓《こう》さん」

菊池の父親のことを名前で呼んで事務所に入ってきた馨が、後ろを振り返る。そこには、俯き、唇を噛んだ聡が立っていた。

遅れたのはこのせいらしい。聡からいろいろ事情を聞いていたのだろう。

すっかり項垂《うなだ》れた聡を目にして、菊池も顔を歪《ゆが》めた。息子の様子を前にして、やっと父親、皓も悟ってくれたようだ。

「おまえが来るってことは、この先生の言ってることは本当らしいな、馨」

馨が深く頷く。

「大事には至らなかったが、事実は事実だ」

「お、おれが……っ」

馨と皓の間に、菊池が割り込んだ。

「おれが、聡に無理やり頼んだんだ……だから、聡は悪くない」

菊池の台詞に、今度は当の聡が弾かれたように顔を上げる。

「ちがうよ。持ちかけたのはぼくのほう。入札予定価格がわかれば、有利になるよって」

菊池を庇《かば》いたい一心だろう、いつもの聡からは考えられないほど強い口調だ。

「うるせえ。おまえは黙ってろ」

「だって……っ」

気が合わないとばかり思っていたふたりなのに、馨の言っていたとおりお互いがお互いを庇おうとしている。それはつまり、自分たちがしようとしていた件の重大さも十分わかっていたということになる。

菊池は家の、延《ひ》いては町のために。聡は聡で菊池のために。なんとかしたいという一心だったのにちがいない。

「よし。わかった」

菊池と聡のやりとりを見ていた皓が、ここで口を開いた。

「うちは今回の入札には参加しない」

突然の宣言に比呂は驚く。作業員たちはなぜかみんな納得しているようで、誰ひとり異論を唱える者はいない。

「そこまでしなくても、菊池くんも前田くんも反省してますし、今回は未遂でしたし、それじゃあまりにこの子たちが……」

負わされる責任が大きすぎると思い、比呂は馨を見た。

馨がなんとかとりなしてくれないかと思ったからだが、その期待は叶《かな》わなかった。

「比呂、それは皓さんの決めることだ。俺たちが口出しする問題じゃない」

「でも……っ」

馨が駄目ならと、さっきから黙って成り行きを窺《うかが》っていた作業員たちにも同意を求めたが、こちらも空振りに終わった。

「仕方ねえな。あとから四の五の言われたくねえし」

「ま、今回は坊の暴走ってことで、ここは潔く退くべきだな」

あっさり皓の意見を受け入れる。

そんな作業員たちに対して、皓は深々と頭を垂れた。

「すまん、みんな」

比呂以外のみなが納得した結果のようだ。比呂にしても、当事者が決めたことにこれ以上反対する理由がなかった。

「ご……ごめ、父ちゃんっ……ごめん……みんなっ」

泣きじゃくる菊池の頭を皓がひとつ小突く。

「悪いと思ったら二度とするな。わかったな」

「う……ん。うんっ」

聡もぽろぽろ涙をこぼしている。その聡の髪も皓はくしゃりと掻き混ぜた。

「おまえもだぞ、聡」

「……はい」

これで終わりだ。

菊池建設には手痛い結果となったが、確かに聡と菊池は反省して、二度と過《あやま》ちをくり返さないだろう。

「さあ、もういいから。正通と聡は奥へ行っておやつでも食べろ」

皓に促されて奥へと消えるふたりの背中を見ていると、比呂もようやくこれでよかったのかもしれないと思えるようになった。

作業員たちはばらばらと散っていき、事務所には比呂と馨、それから皓の三人だけになる。

ソファに腰を落ち着けた皓は、ポケットから出した煙草《たばこ》を唇にのせた。

「すまなかったな、馨。それから先生も、申し訳なかった」

皓の表情は穏やかだ。

「まさか正通の奴がそんなことをするなんて……まだガキだと思っていたら、とんでもなかったな」

馨が同調して肩をすくめる。

「こっちが思ってるほど、ガキじゃないんだろうな。俺も今回の件じゃ、ちょっと考えさせられたよ」

馨の言葉に、白い煙を吐き出しながら軽く頷いた皓が、口許に苦笑を浮かべた。

「もう五年生だからな。早いもんだ。あれからもう十一年もたつんだから」

「ああ、十一年になる。あっという間だったような、長かったような」

いまのは——誰の話だろう。含みを感じて、比呂は一言一句洩らさぬようふたりの会話に集中する。

「まだ本人は知らないんだろ？」

「ああ、蓉子さんがどうしても首を縦に振ってくれない」

聡のことだ。聡と蓉子、そして——。

「あのひとも頑固だからな。そういや馨、おまえ、何度もプロポーズしては振られてんだって？　うちの嫁が噂《うわさ》してたぞ」

馨のことだ。

「なんとでも言ってくれ」

馨が鼻に皺《しわ》を寄せる。これでも馨に関してわかってきたので、冗談かどうかくらいわかる。いまの馨は、本気だった。

「しかしなあ。認知も必要ないし金もいらないんじゃ、さすがのおまえもお手上げだな」

皓も同様だ。口調は軽いが、冷やかしで言っているわけではないのだ。

「いまの俺にできるのは、聡と遊んでやることくらいだ」

「なんだよ、その面《つら》は。本当のことを言いたくて堪《たま》らないって面だな」

「ったりめえだろ。そりゃ、言いたくて堪らないさ。あいつ、俺と同じ親指の付根んとこにほくろがあんだよ。それを目にするたんびに、いっそ言っちまおうかって気になる」

馨が目を伏せる。その表情があまりに切なげに見えて、比呂はどきりとした。

馨と皓は――なんの話をしてる？

「まあ、焦ることはないさ。いままで待ったんだ。それに血は水よりも濃いって昔から言うように、血の繋《つな》がりってのはなにより強いから、そのうちどうにかなるだろ」

「だといいんだがな」

会話の途中から、頭の中がぼんやりとしてきて、なにも考えられなくなっていた。考えると、いままで薄々感じていた疑念がはっきりしてしまいそうだった。

プロポーズ。認知。養育費。血の繋がり。そんな単語がぐるぐると脳裏を駆け巡る。

「……ほくろ」

ぽつりと呟《つぶや》いた比呂は、ある可能性に突き当たった。

いや、可能性なんかではない。いまのは、蓉子と馨が過去にそういう仲で、聡はふたりの子どもだと言っていた。

聡が――馨さんの息子？

「………」

比呂は、ソファから腰を上げた。

「比呂？」

馨が、怪訝《けげん》そうな表情で比呂を見てくるが、とても視線を合わせられない。この場から立ち去りたい、比呂の頭にあったのはそれだけで、皓に一礼した。

「あの……それじゃ、俺はこれで失礼します」

皓は、もう一度丁寧に詫《わ》びてきた。

「本当にすみませんでした。先生にはとんだご面倒おかけしました」

馨が、何事もなかったかのように比呂に笑いかけてくる。

「じゃ、俺も帰ろうかな。比呂、一緒に――」

「……悪いけど」

だが、比呂に応える余裕はなく、馨が言い終える前にさえぎった。

「このあと寄らなきゃいけないところがあるから……先に帰ります」

いまは馨といたくない。顔を合わせていたら、自分がなにを言い出すかわからなかった。

「比呂？」

視線は感じるものの馨の顔が見られず、結局最後まで目を合わせられないまま比呂は菊池建設をあとにした。

なにも考えたくないのに、さっきの皓と馨の会話が耳にこびりついてしまっている。血の繋がり。同じ場所にあるほくろ。

「安曇野先生……」

帰り道、偶然区長の加藤《かとう》と会う。加藤はにこやかな笑顔で歩み寄ってきた。

「いまお帰りですか」

「……はい」

いま誰かと話をする気にはなれなかったが、仕方なく足を止める。

「この町にはもう慣れましたか」

「はい。みなさん、いい方ばかりなので」

本心からの言葉だ。周囲の人たちのおかげで、すぐに馴染むことができた。

「それはなによりでした。いやね、都会から来られる先生に少しでも早くこの天神町に慣れてもらうにはどうすればいいかって、私たちもずいぶん考えたんですよ。で、やはりここは馨くんの出番だろうってことになって、先生にはさくら荘に入ってもらったというわけなんです。いやあ、よかったよかった。最初は風呂もないアパートでは申し訳ないって思ったんですが、こんなに早く先生も慣れてくださったようだし。さすが馨くん、伊達《だて》に町の雑務・処理課をひとりで担ってないってことでしょうかね」

はは、と加藤は機嫌よさげに笑うが、いまの比呂はとても調子を合わせる気にはならない。

「ああ見えても馨くんは天神町始まって以来のエリートでね。じつは大学を卒業後は外務省に入省することが内定してたんですよ。なんでそれを蹴ってこんな田舎町に戻ってきたのか。いやいや、みんなは喜んでいますがね」

加藤の言葉ももうほとんど耳に入っていなかった。一応聞こえてはいるが、脳みそにまで辿《たど》りついていない感じだ。

なにをどう受け止めていいのか、比呂はまったくわからなくなった。わかっているのは、馨が最初から比呂に親しげに接してきたのはすべて仕事だったから――それだけだ。

「それじゃ、これで。お気をつけて」

加藤と別れる。

比呂はアパートを目指して、ふたたび歩き始めた。

「……なんだ、それならそうと言ってくれればよかったのに」

町の雑務処理に携わっている馨にとって、比呂のことも雑務処理のひとつだったらしい。それなら初めからそう言って、可愛いとか一目惚れとか、そんな方便まで使う必要などなかったのだ。

あんなに必死な顔で助けてくれたから、勘違いしてしまった。馨にしてみれば、仕事熱心だったというだけなのに。

蓉子とはなんでもないと、あんな嘘までつくなんて――。

だが、自分にも問題はあった。最初に馨が蓉子にプロポーズしているシーンを目撃していながら、勝手に冗談だと片づけてしまっていたのだ。

冗談であるわけがない。聡は馨と蓉子の子どもなのだから。

どういう理由があったのか比呂にはわからないけれど、若すぎたふたりは結婚できないいま近くで過ごしてきたのだ。

でも、いまはちがう。ふたりとももうちゃんと大人だ。

「……なんだ。よくないなんて言って、馨さんが前田くんに甘くなるの当然なんじゃゃん」

さくら荘が見えた。

馨と出会ったあの桜の木は、いまではすっかり葉ばかりになっている。

「ばっかみたい……」

笑おうと声を出してみると、喉のあたりに引っかかって変な掠《かす》れ声になった。

「本当に馬鹿だな、俺」

馨は仕事で接していたのに、比呂は馨の言動にいちいち意味を見つけて、助けてくれるのは自分が特別だから——なんて都合よく思い込んでいた。

喉になにか詰まっているような気がして、そこを手で押さえた。擦ってみてもまったく改善されず、ひどくなる一方だ。

唾を飲み込んでも変わらない。消えるどころか息苦しささえ感じ始める。

「比呂！」

背中に、声が投げかけられた。振り向かなくても比呂にはそれが誰だかわかって、答えずアパートの階段を駆け上がった。

「待てって。比呂！　いったいどうしたんだよ！」

「ど……どうもしない」

急いでドアの鍵穴に鍵を差し込む。しかし、今日に限ってうまくいかない。そうするうちに馨が追いついてきて、比呂の肩を摑んだ。

すぐさま振り払う。

いつもとはちがうと馨も気づいたらしい、不審げな目を比呂に流してきた。

「比呂、なんか変だぞ。どうしたんだ？　なにか俺、したか？」

「べ……つに」

やっと鍵が開いた。比呂は自分の身体が通り抜けられるぶんだけドアを開け、中へと滑り込んで素早く鍵をかけた。

「言ってくれなきゃわかんないんだって。比呂。なにが気に入らない」

「……なんでもないって言ってるだろ」

「それがなんでもない態度か」

ドア越しに馨と話す。こうも薄いドアでは息遣いばかりか、鼓動まで届きそうで厭になる。

「どんな態度取ろうと、俺の勝手じゃないか」

「そうじゃないだろ？　俺は比呂にそんな態度取られたら気になるし、不安にもなるよ」

馨は、どうして放っておいてくれないのだろう。比呂に構っている場合ではないはずだ。

「そんなこと言ってくれなくても、もういいから……俺、もう大丈夫だし。馨さんは本来の仕事に戻っていいよ」

一瞬、間があく。その後、険のある声が返った。

「それ、どういう意味だ」

初めて耳にする、馨の低い声だ。ドアを隔てて不穏な空気が伝わってくる。

怒っているようだが、怒りたいのはこっちのほうだ。

「どうって、馨さんがよくわかってるんじゃないの？」

「わかんねえから、聞いてるんだろ」

馨はあくまで食い下がってくる。が、比呂は、これ以上言い争いを続けたくなかった。

「……とにかく。もう平気だから。放っておいてくれるかな」

最後にそれだけ言い、ドアから身を離して靴を脱いだ。その直後だった。

「放っておけるわけねえだろ！」

馨が吼《ほ》えるように怒鳴った。かと思えば、目の前のドアがぎしぎしと音を立て始め、蝶《ちょう》番《つがい》が緩んでくる。もともと建てつけがよくなかったために、いまにもドアは外れてしまいそうだ。

「か、馨さん……なにを、して……」

「比呂が開けてくれないんなら、こっちから行くしかねえだろ」

こっちから行く？

「ま、まさかドアを？」

半信半疑で問うた比呂の目の前で、ドアは大きく軋《きし》みだした。

「そのまさかだっての！　おりゃ！」

比呂が呆然《ぼうぜん》と立ち尽くす、まさにその眼前で馨は宣言どおり見事にドアの蝶番を外してみせたのだ。

「……信じられない」

ドアを外すなんて、どうかしている。

「ふん。男の純情を舐めんなよ」

鼻息も荒く、有り得ない入り方をしてきた馨は比呂に向き合うと、どうだとでも言いたげに腰に手を当て胸をそらした。

「ドアならあとで俺が直してやる。そんなことよりも、さあ、観念して白状するんだな。いったいなにが――比呂？」

いままで堂々としていた馨になにが起こったのか、急に勢いが萎む。困った顔になり、比呂の頬に手を伸ばしてきた。

「泣いてたのか」

「え」

とんだ濡《ぬ》れ衣《ぎぬ》だ。そもそも泣く理由がない。

「泣いて、なんかない」

馨の手から逃れ、比呂は顔を背《そむ》けた。

「でも、泣きそうな顔してる。どうしたんだよ、比呂。俺、比呂を傷つけた？」

心配そうに顔を覗き込まれて、なにを言っているんだと首を左右に振る。

傷ついてなどいないし、たとえ傷ついていたとしても馨に慰められたくなかった。

「だから……もう俺のことはいいって言ってるんだよ。おかげで予定よりも早く町にも慣れたし、いくら仕事とはいえ、ご飯まで作らせて悪かったと思ってる。今日からはもう面倒かけないから」

こうなってもまだ蓉子と聡のことを打ち明けようとしないなんて——そんな男が口でなにを言ってこようと胸には響かない。疑心暗鬼になるだけだ。

「なんでだよ。仕事とか面倒とか、そんなんじゃないってわかってるだろ？」

まだ言うか。

「もういいって。雑務・処理課ってのがいかに大変なのか、これでもわかったつもりだから……それに馨さんはそんな場合じゃないんじゃないの。俺のことよりも……聡とか、蓉子さんとか……ちゃんとしてあげなきゃ」

言葉にしながら、息苦しさが増してくる。それなのに馨は、まるで比呂に原因があるかのような口調で詰め寄ってくる。

「聡と蓉子さんの件は、比呂とは別の話だろうが」

他人に口を挟まれたくないという意味か。だったら、初めから距離を置いたつき合いをしてほしかった。

「そうだね——俺が余計な口出しすることじゃないか」

「そういうことを言ってんじゃねえ！」

馨が苛立たしげに噛みついてきた。

どうして怒鳴られなくてはならないのかと、理不尽さに腹が立ってくる。もう厭だ。馨の顔をいまは見ていたくない。

「……俺、ちょっと出かけてくるんで、できればその間にドア直しといてください」

口早に言い捨て、馨の傍《そば》を通り抜けて外へ出ようとした。が、馨は許さず、比呂の二の腕を強い力で摑んできた。

「な……にするんだよ」

「逃げるのか、比呂」

「……逃げる？　言ってる意味がわからない」

不毛な言い争いだ。いくら話しても無意味なのに、腕を引いても馨は手の力を緩めようとしない。いつになく険しい顔をして、小さく舌打ちを洩らした。

「埒《らち》があかねえ。比呂、ちょっとつき合え」

「なんで俺が……っ。出かけるって言っただろ！」

なぜ自分がこんな目に遭わなければならないのか。そう思うと本当に泣けてきそうだった。

「いいから、黙ってついてきてくれ」

「行かない。行きたくない！」

どんなに拒否しても、馨は比呂の言葉を無視する。日頃から強引なところはあるが、これほど横暴だったことはいままで一度もなかった。

比呂の腕を引いてアパートを出ると、いったいどこへ向かうつもりなのか、馨は無言のまま真っ直ぐ前だけを見て歩いていく。

仕方なく比呂も口を閉じ、馨のあとについていった。

パチンコ屋の駐車場に踏み入れる。こんなときにと疑ったが、さすがにパチンコ屋には入らず裏手の山道へと足を踏み入れた。

木々に囲まれた上り坂を十五分ばかり歩いただろうか。

馨の目的地は、墓地だった。

町じゅうの先祖の墓が集まっているのだろう。五十近く墓石が見える。その間を縫って進んでいった馨が、足を止めた。

周囲を塀で囲まれているその墓は、一際立派だ。瑞々《みずみず》しい花やお菓子は、供えられてからあまり時間がたっていないようだ。

東雲《しののめ》家之墓と、墓石に刻まれている。

「なんでこんなところに……」

馨は口を引き結んだまま墓の正面に立つと、膝を折った。反射的に比呂も同じようにし、馨に倣《なら》って手を合わせる。

しばらくして薄目を開けて横を窺《うかが》えば、じっと墓を見上げる真剣な横顔がそこにはあった。

「東雲の先祖代々の墓。バアさんと兄貴も、ここにいる」

初めて耳にする、家族の話だ。馨はこの町の出身なのだから、先祖の墓があるのは当然だ。いまの話では、祖母どころか兄も亡くなってしまったようだ。

「十代の頃はこんな田舎町、一刻も早く出ていきたかった。そのことでしょっちゅう親父や兄貴と衝突して、喧嘩《けんか》別れして東京の大学行ったんだよ」

加藤の言葉を思い出した。そういえば外務省への入省が決まっていたとかなんとか。

でも、それならどうして馨はこの町に帰ってきたのだろうか。加藤に聞いたときに軽く流してしまったことが、いまさら気になってくる。

「思い上がってたんだろうな。負債を抱え、過疎化する一方のこんな町じゃなにもできないと馬鹿にしていた。兄貴が出張先の事故で急死したときでさえ、俺は兄貴みたいにはなりたくねえと思ったんだから、とんでもなく傲慢だった。外務省の内定取ったとき、バアさんだけには連絡しとこうと、それこそ自信満々で電話したんだ。末は大使だくらい言ったかもしれない。けど――バアさんに鼻で笑われちまったよ。『おまえは逃げたんだろう』って」

馨が笑う。とても苦い笑みだ。

「こんな小さな町も救えない男ならどこへ行こうと同じだと、そう言われた。――こんなきっつい言葉、後にも先にもなかった」

「……馨さん」

どう返せばいいのかわからない。なにを言ったところで、陳腐になってしまいそうだ。

ふと、馨が立ち上がった。

見上げると、比呂の目に、風にはためく羽織りが映る。

「馨さん、その羽織りって」

「バアさんの形見の反物《たんもの》で作った羽織りだ。俺がこれを着ているのは、バアさんの言葉を忘れないように。この町に骨を埋《うず》めた兄貴を忘れないように」


――これが俺の戦闘服、なあんてね。


冗談めかした台詞を思い出す。言い方は軽かったけれど、あれはあながち冗談でもなかったのだろう。いまになってわかる。

「ショッピングモールをこの町に誘致することは、町議会議員だった兄貴の夢だった。誰よりもこの町を愛していた兄貴の――」

馨の目は遠くを見つめている。そこになにが映っているのか、比呂には知りようがない。

「もうすぐ――もうすぐそれが現実になる」

それでも、その瞳が真っ直ぐで、輝いているのは確かなのだ。

「俺はいまの仕事が好きだ。誇りにも思っている。俺にできることなんざ、たかが知れてるだろうが、それでも俺はこの町を少しでもよくしたいし、骨を埋める覚悟はできてるよ」

亡くなった兄のためだけでなく、この町のために。

いまの馨はきっと、祖母や兄以上にこの町を愛しているのだろう。

「だから俺は、比呂にもこの町を好きになってもらいたい。好きなひとに、俺の生まれ育った町を好きになってほしいんだ。仕事とか面倒とか、俺は比呂に対して一度だって思ったことはないよ」

「………」

「俺の言ってる意味、わかるか？」

馨が比呂を見て、ほほ笑んだ。

羽織りなんて着て変なひとだと思った最初の印象なんてすぐに消え、好感を抱くのに時間はかからなかった。いまは、蓉子との関係を知ってショックを受けるほど、馨に好意を持ってしまっているのだ。

そんな比呂だから、本気で馨を拒絶できるわけがない。軽そうに見えて、実際は誰よりも熱い気持ちを持っている馨だから、きっとごまかしたり嘘を言ったりはしないはずだとわかっている。

ただ、馨の好きと比呂の思う好きの意味が、ちがっただけだ。

それは、馨のせいではなかった。

「……わかる」

一言そう答えると、馨はにっと笑顔になった。

一点の曇りもない笑い方に、胸の奥が痛みだす。が、それには気づかないふりをして、比呂も馨に向かって笑いかけた。

「さあて、帰ろうかね」

目を細め、雲ひとつない真っ青な空を仰ぎ見た馨を見つめて、比呂は頷いた。馨の羽織り姿は誰よりも格好いいと思いながら。

「……うん」

一方で、結局肝心なことは口に出せなかった。喉に引っかかっている言葉を呑み下して、馨と肩を並べて下山する。

――蓉子さんと結婚するつもりなんだ？

たった一言問えばすむことなのに、どうしても声にならない。

たぶん、聞くのが怖いのだ。


壁を叩《たた》かれて、比呂は目を覚ます。

「ひっろさ〜ん、ご飯ですよぉ」

満智《まち》の声だ。最近では、すっかり比呂の目覚まし時計代わりになってしまっている。

壁が薄いのもこういうときには便利だが、まるで枕元で起こされているように錯覚するのはやはりどうかと思う。

寝惚け眼《まなこ》で時計を見ると、すでに七時近くになっていて、比呂は慌てて飛び起きた。

「す、すぐ行く！」

壁に向かって叫び、急いで洗顔してからパジャマのまま部屋を出る。隣室のドアの鍵はかってないのでノックもせずに開けて、卓袱台の前へと滑り込んだ。

そこにはもう、おいしそうなご飯が並べられていた。

「はい、たくさん食べてくれよ〜」

朝っぱらから爽やかな笑みでそう言ったのはもちろんエプロン姿の馨で、比呂の前に茶を置いてから自分も正面に胡座《あぐら》をかき、箸を取る。

先週、満智は妹が昔使っていたという折り畳み式のお絵かきテーブルを持ち込んで卓袱台の横に据えたので、以来三人の朝食が日課になっていた。

野良仕事を一度すませてからやってくる満智は、すさまじいほどの食欲だ。

いつもと変わらない朝。いまの比呂にはなにより大切な時間でもある。

先延ばしにしているだけだとわかっているが、もう少し穏やかな日々を過ごしていたかった。

「ひろりん」

馨に呼ばれて、悠長にしている時間はないので箸は止めずに目を上げた。

「ここ、ご飯ついてる」

頬を指差されて、左手で探る。

「どこ？」

「ここだって」

馨は手を伸ばしてきたかと思うと、ひょいと指先で抓《つま》んで迷わず口に入れ、比呂に向かってほほ笑んだ。

「あ、ありがとう」

気恥ずかしさを感じながら礼を言ったとき、

「新婚家庭みてえ」

満智がぼそりと呟く。馨は上機嫌で、満智の頭をごんと小突いた。

「はっきり言うんじゃねえよ。照れるだろ？　な、ひろりん」

「……あ、うん」

頷いた比呂に、目を丸くした馨と満智が身を乗り出して覗き込んでくる。比呂自身は、ふたりが驚く理由がわからない。

「どうかしたのか、比呂。具合でも悪いんじゃないか？」

「比呂さん、いつもならここは『なに馬鹿なこと言ってんだよっ』って噛みつくところっすよね」

口々に指摘されて、気づくような始末だ。

「そっか。そうだよな。新婚家庭なんて、そんな馬鹿なこと……あるわけない」

苦笑すると、馨はますます心配そうな顔になった。

「どうしたんだよ。なにか困ったことでもあるのか？　だったら――」

「そんなことないって」

心配性で世話焼きの馨らしい言葉をさえぎった比呂は無理やり笑顔を作り、ことさら元気な声を出した。

「寝惚けてぼんやりしてただけ。ぜんぜん平気――うわ、もうこんな時間。急がないと遅れる。馨さんも、今日は会議で早出だって言ってなかった？」

そう言いながら、残りのご飯を一気に掻き込む。馨と満智が見守る中、綺麗に平らげると、すぐさま腰を上げた。

「ごちそうさま。さあ、今日も張り切って学校に行くか」

わざわざ快活に振舞ってみせたあとは、いつものように自分の部屋に戻って支度をして、学校に向かうためにドアを開けた。

ほぼ同時に開いた隣のドアからは、馨が出てくる。戦闘服を身につけた馨に、比呂は思わず目を細めていた。

「今日はショッピングモールに関しての会議？」

「ああ。まだまだ詰めなきゃいけないことがあるから」

「大変だね」

馨は気づいているだろうか。今日から比呂がワイシャツを着るのをやめていることを。他の先生と同じにようにTシャツを着ている。この町の子どもたちと汗だくになって遊ぶには、Tシャツが一番動きやすくていいとわかった。

「まあ——当分は、な。町の命運かかってるんだし」

「そっか。なら、大変なはずだね」

一緒に階段を下りる。少しだけ錆《さ》びている手摺《てすり》に、今日の比呂は手を添えた。

下で自転車に跨《また》がると、比呂は右に馨は左に向かう。

「じゃあ。頑張ってね」

そう言ってペダルをこぎ出そうとしたとき、なぜか馨が腕を摑んできた。

「馨さん？」

「あ、いや」

ばつの悪い顔をした馨は、比呂から離した手で頭を掻き、苦笑いを浮かべる。

「わり。なんだか、比呂がどっか行っちまいそうな感じがして」

これにはなにも答えず、比呂はもう一度「じゃあ」とだけ残して、馨と別れた。

すっかり通い慣れた、田んぼに挟まれた一本道を自転車で走る。車はたまにしか通らないので気をつける必要はないし、多少真ん中を走ったところでなんの問題もなかった。

いい天気だ。

すでに野良仕事に精を出しているおじさんやおばさんが、いつものように「おはよう」と声をかけてくれて、挨拶を返しながら学校に着いた。

「おはよう」

教室に入ると、今日も元気な生徒たちが一度にいろいろな話題を比呂に振ってくる。笑ってそれに答えながら、教壇に立って出席簿を開いた。

「とにかく出席を取るから、話があるひとはそのあとでな」

「先生」

守山が手を挙げる。

「はい、なんですか、守山さん」

椅子から立ち上がった守山は、こほんと咳払《せきばら》いをしてから切り出してきた。

「昨日、先生とカオルちゃんが手を繋いでお墓のほうへ行ってたのを見たってひとがいます」

「――ああ、そのこと」

昨日あった出来事や馨から聞いた話を思い出せば、胸が熱く疼《うず》く。こっそり涙ぐんでしまったのは、比呂にしてみればしようがなかった。

「ええ、昨日は馨さんの家のお墓にお参りしました。馨さんにはとてもよくしてもらってるし、いい友だちだから……」

言葉尻が萎《しぼ》んでいくのは、いい友だちなんて思ったこともないからだ。自分の白々しさに気持ちが萎《な》える。

実際、比呂は一度も馨をいい友だちとかいい隣人とか思ったことがない。近づきたくないから始まって、間を抜かして一足飛びに特別な人間になってしまった。

だけど、それももう終わる。馨がもし結婚することになれば、さくら荘は当然出ていくにちがいない。

出ていって、蓉子と聡と一緒に親子水入らずで暮らすのだ。

後ろの席で、机に視線を落としている聡が目に入る。

馨と同じ、親指の付根にホクロがあるという聡。こうやって見てみれば、どことなく口許のあたりが馨に似ているような気もする。

聡は相変わらずだし、菊池と聡もけっして仲がいいようには見えないが、菊池が聡に対して苛立つ場面は決まって聡が他の生徒になにか言われているときだと、ようやく比呂にもわかってきた。

馨の言っていたとおりだ。

ひとの心なんてそんなに単純にはできていない。いや、心は単純だけれど、言葉や態度に表すとなると途端に複雑になってしまう。

ずきずきと胸の痛みが増してくる。

いったん自覚したら、痛くて痛くて堪らなくなった。

「先生、具合悪いの？　どっか痛いんだ」

心配げに守山が覗き込んできて、比呂は精いっぱい笑顔を作ってかぶりを振った。

いったいなにをしているのか。プライベートな問題で生徒に心配されるなんて——教師失格だ。

「大丈夫。じゃあ、出席を取るから、元気よく返事をしてな」

ことさら明るい声を出しながら、気づいたことがあった。

コンビニ歴六年の比呂が、どうしてコンビニ弁当が厭になったか。

そうではなかった。弁当が厭になったわけではなかったのだ。べつに旨い飯が食いたいとか、舌がこえたとかいうのではなく、初めからみなで一緒に食べることこそが愉《たの》しかったのだ。だからもし、今日からコンビニ弁当に戻ったとしても、文句を言いながら結構愉しくご飯を食べられると、そう確信している。

馴染んだのは食生活にではなく、馨との生活にだった。一緒の食卓についた時点で、比呂は馨を特別にしてしまっていたらしい。

馨と離れたくない。ずっと隣同士でいたい。

もちろん、どうしようもないというのもわかっている。努力することが大事だと日頃生徒たちに話しているけれど、いくら努力をしてもどうにもならないことが世の中にはあると、比呂は身をもって体験してしまった。

同時に、これ以上は無理だというのも悟った。

これ以上馨と一緒にいたら、比呂はきっといま以上に馨を好きになる。そうすればもっとつらい思いをするはめになる。

いまでもつらいのに、これ以上つらくなるなんて——堪えられない。

蓉子の顔が浮かんだ。とても綺麗なひとだ。馨と蓉子なら、誰もが羨む夫婦になるだろう。馨は優しいから、いい夫になりいい父親になり、きっと絵に描いたような家庭を築くにちがいない。

「前田聡くん」

「……はい」

比呂の呼びかけに、躊躇《ためら》いがちな声が返ってくる。

誰よりも馨を必要としている、小さな存在だ。

「米山美咲《よねやまみさき》さん」

「はーい」

一刻も早くさくら荘を出なければ。

馨が出ていくよりも前にさくら荘を出て、馨も馨との生活も早く忘れてしまわなければ。

それがいまの比呂にできる、唯一のことのような気がしていた。

5

新しい部屋を探す傍《かたわ》ら、荷造りもしていく。

部屋探しはそれほど困難ではなさそうだ。狭い町内で先生という肩書きは思った以上で、町じゅうのひとが比呂を知っていてくれた。

にも拘らず、はっきりと決められないのは、やはりさくら荘に未練があるからだろう。いざここを去っていく自分を想像してみれば、鼻の奥がつんと痛くなる。

「ひっろさ～ん。夕飯っすよぉ」

今日も壁から声が届き、

「いま行く」

普段どおり比呂も答える。もうすぐこのやりとりもなくなるのだと思えば、感傷的な気持ちになった。

「ひっろさん。早くしてくださいよ～。先に食っちまいますよお」

「わかってるって」

サンダルを引っかけ、一度外に出る。その足で隣のドアを開けた。

所用時間、十秒足らず。

「いっそ壁に穴開けちまうか」

と、馨が言うのも頷ける。

でも、比呂にはもう時間がない。

「兄貴が小器用なことは知ってましたけど、まさかこんなに料理がうまいとは思わなかったなあ。てか、なんでいままで隠してたんっすか」

お絵かきテーブルに向かって箸を構えている満智が、しみじみとこぼす。

「馬鹿野郎」

馨は比呂の麦茶を卓袱台に置いて、その手で満智の後ろ頭をぽんと叩いた。

「てめえに披露したって仕方ないだろ。俺はひろりんのために作ってるんだ。おまえなんて付録だ付録」

「兄貴～、そりゃないっすよ」

馨と満智の会話も、もうすぐ聞けなくなる。

「お邪魔しますよ～」

ノックの音がしたあと、区長の加藤が姿を見せた。

「おや、お食事中でしたか。すみませんね」

今日もにこやかな笑顔を惜しげもなく振《ふ》り撒《ま》いて、愉しそうに町内の世話を焼いている。

「今夜八時からよろしくお願いします。先生もね」

「今日寄合いでしたか？」

先々週もあったはずだと首を傾げた比呂に、加藤がいやいやとかぶりを振った。

「先生、頼みますよ。臨時会合、回覧板が回ってきたでしょう」

「あ……そういえば」

一昨日《おととい》まではちゃんと頭に入れていたのに、うっかり忘れるところだった。

「今日は大事な議題ですからね」

加藤の念押しに、向かいでお茶をすすっている馨が頷く。

「例のラブホの件ですね」

「そうなんですよ。ショッピングモールができるどさくさにまぎれて、町内にラブホテルを造ろうというけしからん輩《やから》がうろうろしているらしいんですわ。これは、断固阻止せねばなりますまい」

隙を狙ってくる者はどこにでもいる。加藤の言うとおり、断固阻止すべきだ。

比呂も、馨に倣って深々と頷いた。

「ここしばらくは臨時の寄合いがあるでしょうから、先生も時間の許す限りお願いします」

「もちろ……」

もちろんですと答えようとした比呂だったが、途中で言葉を切った。

怪訝な顔になった加藤と馨が、比呂を窺ってくる。

「あ、なんでもないです……今夜ですね。必ず行きます」

適当にはぐらかすと、加藤は帰っていった。

「冷めないうちに食べよう」

比呂は箸を手にして、肉じゃがの肉から頬張った。

「うまい、これ。なあ、満智。うまいよね」

明るく振舞いながら、心中ではため息をこぼしている。

比呂が口ごもった理由は、たったひとつだ。

今夜で比呂が寄合いに参加するのは三度目になるが――もしかしたら最後になるかもしれない。

次は二区か三区か。

それを考えれば、ほくほくと甘辛く煮詰められた肉じゃがは途端に苦い味がしてきて、飲み下すのが大変だった。

ふたたびノックの音がする。

「今日は賑《にぎ》やかだなあ」

肩をすくめた馨が、

「開いてるよ」

と外に向かって声をかける。

遠慮がちに、そうっと開いたドアの向こうに立っていたのは――。

「カオちゃん」

幼い顔を深刻そうに歪めた、聡だった。

「どうしたんだ、聡。ここに来るなんてめずらしいじゃないか。なにかあったのか？」

部屋に入れ、馨は聡の前に膝を折る。同じ目線になってから、ことさら優しい口調で話しかける。

「黙ってちゃわかんないだろ？　な、聡。カオちゃんが聞いてやるから、なんでも言ってみな」

甘やかしているとは知っていたが、馨の態度も言葉も本当に甘い。でも、いまの比呂は仕方ないと思える。このふたりにはそれだけの事情があるのだから。

「……カオちゃん」

比呂と満智の存在を気にしていた聡も、馨の優しい呼びかけにとうとう重い口を開く。

「カオちゃん……どうしよ……お母さんにね、縁談の話があるって……『阿比留』のおばさんが言ってて……縁談ってなにって聞いたら、お母さんが、結婚しちゃうことだって……ぼくにもお父さんができるから嬉しいでしょって、おばさんが……」

「縁談――？」

「うん。ぼく、やだよ……お父さんなんていらない。カオちゃんがいてくれたらいい」

「……聡」

「おねがい。お母さんを結婚させないで。じゃなかったら、カオちゃんがぼくのお父さんになってよ……っ」

比呂は満智の袖を引っ張って、そっと表へと出た。自室へは戻らず、そのまま階段を下りる。隣にいると厭でも話が耳に入ってくるし、他人が聞いていい話ではないと判断したからだ。

だが、なにより比呂自身が聞きたくないのかもしれない。

「いや、なんか……まいったっすね」

歩きながら、満智が困惑した表情でこめかみを指で掻いた。

「聡が兄貴のことを親みたく慕ってるのはわかってたけど——やっぱこういう話になっちまうんだろうな」

『阿比留』のおばさんも罪なことをする。馨が蓉子に何度もプロポーズしていると言っていたくらいなので、満更ふたりの仲を知らないわけではないだろうに。

「兄貴、どうすんだろ。一生世話していくって言ってはいたけど」

「……結婚するんじゃないの」

アスファルトから目を上げず、比呂はぽつりとこぼした。言葉にしてみるといよいよ現実味を帯びてきて、胸がずきずきと痛んでくる。

「いい機会だから、結婚しちゃえばいいんだよ」

半ば自棄《やけ》になってそう言うと、満智が怪訝そうに首を捻《ひね》った。

「結婚？　——誰と誰が？」

いまさら比呂に言わせるつもりか。だとしたら、満智もひとが悪い。

「だから……馨さんと、蓉子さんが」

「兄貴と蓉子さん？」

満智が、肩をすくめた。

「そりゃないっしょ」

断言した満智に、比呂は道路に目を落とす。

「なんでだよ。それが一番前田くんにとってはいいんじゃないの？　それに——それに馨さんもそうしたいって言ってるんだから」

ついむきになってしまうのは、自分の中にある厭な感情を消してしまいたいがためだ。

「え、兄貴が言ったんすか？」

「そうだよ——俺は、この耳ではっきり聞いたんだ」

菊池建設での皓と馨の会話が思い出されて、そこにあった石を爪先で蹴り上げる。石はアスファルトの上を転がっていき、側溝の前で止まった。

「何度もプロポーズしてるっていうし、馨さんもかなり煮詰まってる様子だったし……」

本当のことを言いたくて堪らなくなると、そう皓に訴えたときの馨はひどく切なそうな表情をしていた。

なおも合点がいかない様子の満智から、比呂は顔を背けた。

比呂に対して、仕事とも面倒とも思ってないと馨は言ってくれたが、きっとその言葉に嘘はない。でも、比呂はそれでは足りないのだ。

これでは聡と変わらないではないか。馨を欲しがって、独占したがっているのだから。

いや、聡よりよほどたちが悪い。聡は子どもだし、ちゃんとした理由があるけれど、比呂にはなにもない。なんの理由もなく、馨を繋ぎ止めたいと思っているのだ。

「あれ?」

満智が立ち止まった。振り返ると、高く右手を上げる。

「どうしたんすか〜」

その様子に比呂も足を止め、背後を見た。

比呂の目に入ってきたのは、草履《ぞうり》履きで駆けてくる馨だ。よほどのことらしく、あっという間に比呂たちに追いついた。

「兄貴、いったいなにが」

満智が不思議に思うのも当然で、馨は眉間《みけん》に縦皺を刻んでいる。普段が陽気でのんきにしているだけに、迫力に気圧《けお》されてしまう。

馨は満智には見向きもせず、眉間の皺はそのままに比呂の正面に立った。

「どういうことだ？」

「え」

反射的に一歩後退る。しかし、比呂が下がった分だけ馨が近づいてくるので距離はいっこうに広がらない。

怖い顔をした馨は、神経質な様子で一度唇に歯を立てた。

「いま大家がうちに来た。比呂を探しに」

「…………」

ぎくりと身が縮む。

「比呂、さくら荘出てくって本当か」

「……それは」

ぎりぎりまで黙っておくつもりだったのに、大家から聞いてしまったようだ。もう隠してはいられない。観念した比呂は、そうだと答える。

馨の眉間の縦皺が深くなり、傍にいる満智の目が見開かれた。

「どうしてだ？　なにか気に入らないことがあったのか？　そうじゃないよな。俺たちはうまくやってたはずだ。比呂が出ていく理由なんて、なんにもないだろ」

理由ならある。比呂の一方的なものだが。

「あ……うん。馨さんには本当によくしてもらったし、感謝してるんだ。けど、やっぱり風呂がないのが難点っていうか。ほら、俺、こう見えても結構都会派だから、銭湯とかってどうも馴染めなかったんだ」

半分は嘘で、半分は本当だ。

馨には言葉では尽くせないほど感謝してる。だから、本当は出ていきたくない。

反面、これ以上傍にいるのは苦しくて、比呂にはどうしようもなくて——だから、馨から離れるしか方法はないのだ。

「あ……あのさ、それより前田くんは？　部屋にひとり残してきちゃ可哀相だよ。早く帰ってあげなきゃ」

逃れたい一心で聡の名前を出したが、一蹴される。

「そっちは蓉子さんを呼んだから大丈夫だし、いまはそんな話をしてるんじゃない。比呂がどうしてさくら荘を出るのか聞いてるんだ」

「……だから銭湯が」

追い詰められた比呂の声が徐々に力をなくしていっても、馨は少しも察してくれない。普段はすぐにわかってくれるのに、今日は容赦なく比呂を責めてくる。

「すぐばれる嘘をついてくれてんじゃないよ。いっぺんでも厭そうにしてたことがあったか？　ないだろ？　そんなごまかしじゃなく、比呂の本心を俺が納得できるように説明してくれ」

「…………」

「比呂、黙ってちゃわかんないだろ」

「…………」

唇をきつく噛み締める。

これでは、まるで悪いことをしているみたいだ。つらいから出ていくというのは、そんなに悪いことなのか。ここまで責められなければならないのか。

「なんで黙ってるんだよ、比呂」

比呂だって好きで出ていくわけではない。自分なりに考えに考えて、部屋を移ることが一番いい方法だと自分に言い聞かせて——それでもまだ、厭というほど悩んで迷っているのに。

馨は、比呂だけが悪いと糾弾してくる。

「あ……兄貴、落ち着いて……きっと比呂さんにもやむにやまれぬ事情ってものがあるんっすよ」

見るに見かねて満智が助け船を出してくれる。

「るせえ。おまえは黙ってろ」

けれどなんの役にも立たず、馨に一蹴されてすごすごと引き下がる。

「勝手に出ていくなんて許さねえぞ。出ていきたいなら、俺を説得してみろ」

「勝手に……？」

なんて言い草だろう。

ちょっと強引なところはあっても、普段はお人よしで八方美人なくせに、今日に限ってしつこい。食い下がられると、勘違いしそうだった。

比呂はこぶしを固く握り締め、足許に落としていた視線を上げた。

「勝手にって、勝手はそっちだろ！　だいたいなんだよ。馨さん、俺に構ってる場合じゃないくせに。もっと構ってやんなきゃいけない人間がいるんじゃないの？　だから……だから俺がせっかく離れようって思ったのに……馨さんはそうやって俺ばっかり責めるんだ！」

八つ当たりだと百も承知だ。

言うまいと思っていたのに、一度口を開いたら止まらなくなった。我慢していただけで、比呂にだってぶちまけたいことは山ほどあるのだ。

「なんだよ。馨さんのほうこそ、気軽に好きとか一目惚れとか言って――言われるほうが本気に取るなんて思ってないんだろ。馨さんがそういうこと軽々しく口にして俺のこと甘やかすから、俺がその気になったんだ。馨さんにとっては誰にでも言う社交辞令でも、こっちはそれじゃすまなくなって……そういうの、どうしてくれるんだよ！」

もとはといえば馨のせいだと責める。

満智が馨と比呂の間でおろおろしているが、そんなことはもうどうでもよかった。

「ああ？　気軽にだって？　軽々しいだって？」

少しは引け目を感じるかと期待したが、馨は眦《まなじり》を吊《つ》り上《あ》げた。

「誰が気軽なんだよ！　俺が必死こいて機嫌取って、クソ面倒な手順踏んで、それをおまえは気軽で軽々しいって言うのか！　冗談じゃねえよ。おまえのほうこそなんだってんだ。こっちが脈があるかと期待した途端、突《つ》っ撥《ぱ》ねるし。俺だって人並みには悩みもするし不安にもなるんだ。比呂のほうこそ、ひとの純情弄《もてあそ》んでんじゃないのか！」

「も、も、弄んでる？」

あまりの言われようにかっとして、すかさず反撃に出る。

「弄んでるのはそっちだろっ！　俺は、俺は、本当はいまにも泣きそうなんだからな。ひとにチュウまでしたくせに……っ。馨さん、蓉子さんと結婚するんだろ？　そりゃ子どもまでいるんだし、前田くんにとってもお父さんと一緒に暮らせるほうがいいのはわかってるけど……だったら俺にまでちょっかい出してくんなっていうんだ！」

ああ、本当に泣いてしまいそうだ。

どうしてこんな恥ずかしいことを言わなければならないのだろう。みっともないにもほどがある。

これもそれも全部馨が悪い。馨に関わってからろくなことがない。

やっぱり馨はロクデナシだ。

「待て待て。比呂おまえ、なに言ってるんだ？」

眉間の皺を解いた馨がきょとんとした顔になり、目を瞬《しばた》かせた。

「いまさらしらばっくれなくたっていいよ。わかってるんだから」

いいかげんにしてくれと睨んでも、やはり同じだ。

「おまえ、なにかすっげえ勘違いしてないか？　俺と聡は——」

「もういいって。これ以上話なんてしたくない」

両手で耳を塞いだ。

話したくないし、もうなにも聞きたくない。

馨にもその意思表示をしたのに、いきなり手首を掴まれた。

「な、なにするんだよっ」

ぐいぐいと引っ張られ、強引にアパートへ連れ戻される。

「離せ……離せって」

いくら言っても、腕を引いても、馨に解放するつもりはないようだ。

「比呂が思い込みの激しい性格だって、俺はよーくわかったんだ。俺の言ってることに嘘がないってこと証明してやるから、黙ってついてこい」

いつも以上に強引な台詞を口にした馨に、比呂はわけがわからず戸惑う。この場は黙って従うしかなかった。

二〇一号室のドアを開ける。

「……カオちゃん」

「馨くん」

そこで待っていたのは半べその聡と、駆けつけたばかりの蓉子だった。

いまは蓉子の顔を見たくなくて、比呂は咄嗟に視線をそらした。

「蓉子さん」

比呂の手を離すことなく、馨が蓉子を呼んだ。

「蓉子さん。これ以上秘密にしておくのは、聡にとってもよくない。蓉子さんの気持ちもよくわかるけど、本当のことを話すべきだと俺は思う」

真剣な顔でそう言った馨に、蓉子はほほ笑み、頷いた。

「ごめんね、馨くん。馨くんにはいろいろと面倒をかけたわね。さっき聡から聞いたわ。この子、よりにもよって馨くんにお父さんになってだなんて言ったのね」

「……もしかして、もう」

緊張のためか、馨の頬が痙攣《けいれん》した。ごくりと、唾を嚥下《えんか》する音まで聞こえてきた。

「ええ。たったいまこの子にも本当のことを教えたの。縁談なんて、そんな話知らなかったから私のほうが驚いたわよ。でも、私のせいね。私がなにも言ってやらなかったから、この子まで不安にさせてしまったわ」

蓉子はそこで一度言葉を切り、眩《まぶ》しいほどの笑顔でこう続けた。

「結婚はできなかったけど、聡のお父さんはとっても素敵なひとだったのよって教えたの。誰よりもこの町のことを愛していた、東雲一聡《かずあき》がおまえのお父さんだからって」

「東雲……一聡？」

予想外のことに息を呑んだ比呂は、隣に立つ馨を見た。

馨はひどく照れくさそうな、嬉しそうな、なんとも言えない表情をしている。

「俺の兄貴は、おまえの父ちゃんはこの町の英雄だった。おまえはその兄貴の忘れ形見だ。わかるか、聡。俺は近所の優しい兄ちゃんなんかじゃない。俺にとっちゃおまえは、この世でたったひとりの甥《おい》っ子なんだ。だから俺は、父ちゃんにはなれないけどおまえのことが誰よりも可愛いいし、大事だと思ってる」

「カオちゃん……カオちゃん……っ」

聡がわあわあと泣き始めた。ショックを受けたからではなく、嬉しいからだ。その証拠に、泣きながら何度も頷いている。父親のことがわかって、馨が肉親だとわかって、いままでの不安や心細さが晴れたのだろう。泣き顔はいっそ吹っ切れたようにも見える。

比呂も胸がいっぱいになった。

「自分だけがわかってればいいなんて、傲慢だったわ。意地になってたのね。東雲の家なんて必要ない。一聡さんの子どもは、私ひとりで立派に育ててみせるって思ってたから」

蓉子は、泣きじゃくる聡の頭を愛しそうに撫《な》でた。

「聡、帰ろうか」

「……お母さん」

「帰ったら、お母さんの知ってるお父さんの話をたくさんしてあげる。お腹にいるおまえを、どんなに愛してくれたか」

「うん……」

最後に馨に向かって頭を下げると、聡の手をしっかりと取って帰っていった。

「比呂」

親子の消えたドアを見つめる比呂の背に、声がかかる。でも、比呂は振り返れない。

「どうだ。少しは俺を信じる気になったか」

「………」

「なんとか言えって」

「………」

黙っている比呂に呆れたのか、馨が回り込んできた。手を比呂の頭に回して、自分の肩に引き寄せる。

「なあに泣いてんだよ。先生のくせに」

「かっ、関係ないだろっ……先生とか」

馨の顔も声も優しい。その事実にいっそう泣けてくる。

「だな。比呂は先生だけど、やっぱり比呂だもんな」

「……にそれ。厭な言い方」

「なんでだよ。可愛いって言ってるのに」

「……可愛くなんてないって、何回言えばわかるんだよ」

「じゃあ、こういうのはどう?」

頭に回っていた手が、ふいに離れる。そうして今度は比呂の濡れた頬に添えられ、至近距離で見つめ合う格好になる。

「好きだ、比呂。初めて会ったときはちょっといいなって思ってた程度だったけど、不器用で思い込みが激しくて、正直で涙脆《もろ》い比呂を知れば知るほど好きになった。気がついたら比呂だけが特別になってたんだ。だから出ていかないで、ずっと俺の傍にいてくれ」

「……馨、さん」

どきどきする。

これまでもどきどきする場面はあったけれど、いまは比較にならないくらい――心臓が飛び出しそうなくらいどきどきしている。

「返事は?　比呂」

「…………」

「出ていかないよな」

馨の真摯《しんし》な問いになんと返せるだろう。ひとつしか答えはない。

「いかない」

比呂の返答に、馨がほほ笑む。

「よかった」

どうしよう。

馨の顔を見ていると、恥ずかしい台詞を口走ってしまいたい気分になってくる。やめておいたほうがいいと思うのに、どうしても言いたくなった。

ぐいと涙を拭い、比呂は一度大きく深呼吸をした。

「お、俺も、世話好きで強引で、視察とか言って昼間っからパチンコに行く馨さんのことが……結構好き、かもしれない」

ああ、とうとう言ってしまった。思えばこれほど緊張しながら告白するのは、二十五年の人生で初めてだ。

悔しいことに握り締めたこぶしまで震えてきたが、比呂の告白に馨が蕩《とろ》けそうな笑みを浮かべたので、まあいいか、と思った。

「嬉しい比呂。けど、『結構』と『かもしれない』はできれば省いてほしいかな」

「……贅沢言ってるし」

憎まれ口を叩いたところで、比呂の本音などどうせ馨にはお見通しのはずだ。

『結構』どころか『かなり』。

『かもしれない』ではなく『で堪らない』。

自制の意味もあって、比呂はさらなる憎まれ口を言ってみる。

「省いてもいいけど、条件がある」

「なに？　比呂の条件になら、俺はなんだって従うよ」

馨らしい台詞に赤面しそうになりつつ、自分にとっては重要な条件を口にしていった。

「他のひとに言い寄らないで。たとえ『阿比留』のおばさんにでも駄目。いくら馨さんが可愛いものが好きでも、俺はそんなに心が広くないから」

言い終わるが早いか、馨にぎゅっと抱き締められていた。

「やっぱり可愛い、比呂」

「また言ってるし！」

「俺が可愛いもの好きって誰が言ったよ。ていうか、俺の好みは激しく狭いんだ。いままで可愛いと思ったのは、子どもと年寄り以外じゃ比呂が初めてだ」

「……嘘っぽい」

嘘っぽくても。こんな言葉を信じる気になるのだからどうしようもない。初めから馨に勝てるはずがなかった。

「比呂」

ぎゅうぎゅうと馨が腕に力を入れてくる。

「安心してくれ。冗談にでも他のひとを口説いたりしない。たとえ婆さんだろうが乳飲み子だろうがしない。俺がプロポーズするのは、今日からずっと比呂だけだ」

断言すると、馨は少しだけ身体を離した。そして——、

「誓うよ」

ゆっくりと顔を近づけてくる。比呂も逃げずに馨の唇を待った。

「兄貴〜。比呂さぁ〜ん。喧嘩は駄目っすよぉ」

まるで窺っていたかのようなタイミングで、間延びした声とともにドアが開いた。現れたのは、もちろんさっき置いてけぼりを食らわせた満智だ。

視線が合う。

馨に背中を抱かれ、唇があと二ミリでくっつこうかという格好で、比呂は固まったまま動けなくなった。

「……や、これはどうも。仲直りの最中だったんっすね」

満智が、ぼりぼりとこめかみを掻く。

「わかってんなら消えろ、いますぐ」

馨はこれ以上ないほど不機嫌な声で、満智に命令した。

「あ、そうでした。兄貴、今日こそうまくやってくださいね」

「大きなお世話だっつーの!」

「失礼しました!」

敬礼して満智は出ていったが、すっかり甘いムードは失われていた。どうにも気恥ずかしくてどちらからともなく離れてからは、間がもたずにお互いそわそわとして落ち着かなくなった。

「はは……な、なにを言ってんだろうね。えーっと、俺はこれで帰ろっかな。じゃ、馨さん。また」

苦しまぎれに笑いながら、比呂は馨の部屋をあとにした。

二〇二号室のドアを開ける。

部屋に戻った途端、壁の向こうから馨の悪態がはっきりと聞こえてきた。

「くそう。満智の野郎、邪魔しやがって。憶《おぼ》えてろよっ」

それがおかしくて、比呂はなぜかこぼれてきた涙を指で拭い、壁に向かってこう言った。

「いっそこの壁に穴、開けたいな」

「ひろりん！」

がたがたとなにかが倒れる音がしたあと、隣室のドアの開く音が続いた。その後、階段を駆け下りる音がしたかと思うと、町内じゅうに響き渡るほどの大きな声が聞こえてきた。

「満智ぃ、おまえんちのハンマー貸せ！　いますぐ！」

堪え切れずにとうとう比呂は吹き出した。

「なんだよ。よっぽど馨さんのほうが可愛いっての」

馨はここを出ていかない。自分も出ていかなくていい。馨はこれからもさくら荘で、比呂の隣にいてくれるのだ——それがどんなにすごいことか。

ひとりになった比呂は喜びを嚙み締め、胸を熱く震わせたのだ。


「いただきます」

卓袱台に向かい合って座り、手を合わせる。

今夜のメニューは鯵《あじ》の塩焼きとほうれん草の胡麻《ごま》和え。ワカメの味噌汁に栗かぼちゃの煮物だ。

さっそく脂ののった塩焼きから箸をつけつつ、比呂は馨に聞いた。

「あれ？　満智は？」

満智が来ないのはめずらしい。特に夕食は満智も愉しみにしていて、欠かさずやってくるのに。

「ああ、アイツね。今日は高校んときの友だちと飲み会だと」

「そうなんだ。じゃあ、今日はこのまま来ないってこと？」

「おう。てか、来すぎなんだよ。なんで俺が満智のぶんまで飯作んなきゃなんねえんだ？ まったくよう」

料理ができないのは比呂も同じなので、耳の痛い一言に肩を縮める。

「それ言われると、俺も心苦しいかも」

他人に助けてもらうのは恥ずかしいことじゃないと言われはしたが、助けられっぱなしというのはどうかと、これでも気にしているのだ。

「なに言ってるんだよ。満智とひろりんじゃぜんぜんちがうだろ。俺はひろりんに喜んでもらうために腕によりをかけてんだから」

「……うん、わかってるけど」

それなら、なにか自分も馨の役に立てればと考えてはみるものの、役立てそうななにかが思いつかない。かといって、

「だったらさ、例のほら、チュウなんだけど」

この件を持ち出されると、なおさら困るのもまた事実だ。

「――考えてくれる気、ある？」

「そ、それは、その……」

しどろもどろになった比呂の前で、馨は顎に手を当てた。

「そろそろ俺たちも進展してもいい頃だと思うわけよ。お互いの気持ちを告白し合ったことだし、となればやっぱり次はチュウ以外にはないと、俺としては希望しているんだがな」

ちらりと、期待に満ちた横目を流される。

きっと比呂は真っ赤になっているにちがいない。耳朶まで熱くなってきた。

「なあ、比呂。駄目？」

「………」

きっと、比呂が断れないとわかってそそのかしてくるのだ。でなければ、卓袱台を両手で押しやり、にじり寄ったりしてこないだろう。

「比呂、いい？　比呂が厭がったら絶対やめるし」

「………」

しかも、最近気づいたことだが、馨は結構ずるくて普段は比呂のことを「ひろりん」と呼ぶくせに、ときたま「比呂」に変える。これは、絶対わざとにちがいない。

「なあって、比呂」

だから、馨に「比呂」と呼ばれるときは、なんだか特別なときのような気がしてくるのだ。

「……いい、というか」

「いうか？」

比呂が駄目と言えないことを百も承知で、「駄目？」なんて猫撫で声を出してくる。これが確信犯でなくて、なんだろう。

「…………」

でも、仕方がないのかもしれない。馨の言ったとおり恥ずかしい告白をし合った間柄で、比呂にしても、厭なんて思うはずがなかった。

「……ちょっとだけなら」

比呂の返答に、馨は嬉しそうに少しだけ目を細めた。

「わかってる。ちょっとだけな」

「ほ、ほんとにちょっとだけだから」

「ああ、約束」

肩に手が置かれる。そのまま顔が近づいてきて、唇に息が触れた。

「あ、あと、厭だって言ったらすぐやめて」

「わかってるって。しっ。頼むから、ちょっとだけ黙ってよう」

「…………」

なんだか息苦しい。思わずぎゅっと目を閉じた比呂は、それが壊れそうなくらい高鳴っている鼓動のせいだと気づいた。

「比呂」

甘い声で名前を呼んできた馨が、唇をくっつけてくる。

やわらかい感触に嫌悪感はない。むしろ、心地よかった。

何度か軽くくっつけては離すのをくり返したあと、

「口、開けられる？」

掠れた吐息混じりの声で囁《ささや》かれた。

かあっと頬が熱くなるのが自分でもわかったが、腹を括って比呂は自分から唇を解いた。

「比呂」

馨が掠れた声を聞かせる。

「馨さん……声、変になってるし」

負けず劣らず比呂の声も掠れていた。それとも、比呂の耳が変になってしまっているせいで、こんなふうに聞こえてしまうのか。

「ああ、変なんだ、俺。比呂に会ってからどうにも変になっちまった」

「馨さ……」

その先は馨の口中に吸い込まれる。するりと入ってきた舌が、比呂の唇の裏側や歯、一昨日できた口内炎まで探し出してゆっくりと味わうように辿っていく。

口を半開きにしたままどうしていいかわからなくなった比呂は、馨のシャツにしがみついた。

「んんっ……」

角度を変えて、さらに口づけはエスカレートしていく。覚悟を決めたはずだったが、濃厚になっていくとやはり困る。

それにこれは……。

「ちょ……待っ」

最早チュウなどという軽い代物ではない。

舌を絡め、擦り、吸い合って——息が上がった比呂はとうとう弱音を吐いた。

「や、いやだ……も」

力の入らなくなった両手を懸命に突っ張って、首を横に振る。しかし、馨は比呂を放そうとはしないどころか、腰をすくって畳の上に転がしてしまう。

「なに……なんで？　やだって言ったのに」

馨の唇は、比呂の頬を辿り耳の下のやわらかい場所を軽く吸ってくる。手は胸のあたりを行き来していて、そのたびに感じるぞくぞくとした甘い痺《しび》れに比呂は身悶《みもだ》えした。

「嘘つき……馨さ……やめるって、言ったくせして。あうっ」

比呂の抗議に、だってと馨が吐息をこぼした。

「比呂……本気で厭がってない……そんなんじゃ俺、やめられないって」

「か、勝手なこと言っ……」

比呂にしても説得力のない反抗だと自覚しているが、本当にうろたえるのはこれからだった。

「え、なんで、脱がしてる？」

馨に問う間にもTシャツが捲《まく》られる。手際よく頭から抜いてしまうと、馨は自分もシャツのボタンを外して上半身裸になった。

「こんなことまでしていいって、言ってないし……っ」

さすがにここまでは想定していなくて、身を捩った。

つき合っていればそういうこともあるだろうと想像したことがあるとはいえ、今日だとは思っていなかった。時間をかけてゆっくり——と比呂なりに考えていたのだ。

「だからチュウだろ。比呂の身体じゅうにチュウしてるんだ」

「チュウじゃない…っ…こ、こんなのチュウって言うもんかっ……ぅ、わ……」

馨の唇が、乳首に吸いついてきた。途端に尾てい骨のあたりがびりっとして、腰が勝手に跳ね上がった。

「なに……ぅぅぅ、やだ……っ」

やめてほしくて馨の髪を引っ張るが、比呂の力が弱いのか、それとも馨が強引なのか離れてくれない。唇で挟まれ、舌でぺろりと舐められて、甘い疼きが全身に広がっていく。

「あ……あぁ……んっ」

噛まれたようで、ちりっと痛みが走ったが、それ以上のなにかを感じた。

「可愛いな。比呂の乳首。こんなちっちゃいのに尖《とが》って」

「あ、あ、や……ぁっ」

吐息が触れただけでも腰が跳ねる。またねっとりと舐められて、そのなにかが快感だったことに、比呂は気づいた。

薄い胸を弄《まさぐ》られながら乳首を吸われると、すごく気持ちいいのだ。そのことに気づいてしまうと、思わず馨の頭を抱えて引き寄せてしまいたい衝動がこみ上げてくる。

「か……馨さ……ん」

「やばいって、比呂……そういう顔して俺のこと見たら、俺、止まんなくなるよ」

胸から離れた唇は、そのまま下へと降りていく。どうやら乳首だけでなく身体じゅうがどうにかなってしまったようで、馨の手や唇の触れたところが過敏に反応してしまう。

気持ちよくても鳥肌が立つことを、比呂はこのとき初めて知った。

「ズボン、脱がしていい？」

馨の声は上擦っている。なんだかすごく……エッチな感じだ。

「い、やだ」

答えた比呂の声も負けず劣らずいやらしくて、それが恥ずかしかった。

「ごめん。も、脱がしちゃった」

「いやだって言ったのに……」

どうりで開放感があるはずだ。背中を丸めようとしたのに、それより先に馨が膝の間に身を滑り込ませてきた。

どうしてこう要領がいいのか。いや、馨の要領のよさはとっくにわかっていた。

「比呂、可愛い……」

「どこ見て、言ってるんだよっ」

「どこもかしこも」

馨の両手が、比呂の胸に置かれた。そのまま身体のラインを確かめるようなやり方で、ゆっくりと下へと撫で下ろされていく。

目を細めて上から比呂を見つめる馨に、その手の動きの生々しさに、堪らず比呂は唇を噛む。と、すぐに馨は身を屈めて、口づけで解かせてくる。

「ほら、唇噛まないで」

「…………」

なんて甘くて優しい声だろう。比呂の唇を辿る舌も、厭になるくらい優しい。

こんなふうにされたら、言うことをきかないわけにはいかなくなる。

「――ずるい、馨さん」

「ごめんな比呂。あとでいっくらでも文句言っていいから、いまだけ俺を嘘つきでずるい男にさせてくれ」

などと言われて、厭だと拒絶できる人間がいるだろうか。

相手は惚れている男だ。嘘つきでも、ずるくても、なんでも許してしまえる。それが惚れるということだ。

「ほんとに……ずるい」

比呂は、馨の背中に両手を回した。

「……比呂」

熱っぽい掠れ声で比呂の名を呼んだ馨が、肌を探ってくる。覚悟はできていたつもりだけれど、馨の手が性器に辿り着いたときには動揺したし、恥ずかしかった。

「勃《た》ってる……比呂、感じてる?」

「だ、だからそういうことを……あ、あ、やっ」

そういうことをいまなんで言うのかと抗議してやりたかったが、手が動き始めたせいで言葉にはならなかった。

「あぅ……う、かお……さん。そんなしたら……駄目だって。あ、あぁ……っ」

手のひらで愛撫《あいぶ》を加えながら上下に動かされては、どうしようもない。あっという間に頂点へと押し上げられる。でも、男としては早いと格好がつかないので、なんとか我慢しようと試みた。

「比呂、すごい……比呂のが気持ちいいって泣いてる」

それなのに、馨が恥ずかしい台詞を口にして比呂の努力を台無しにする。

「ほら、比呂。わかるだろ。気持ちいいって——」

馨が先端を弄《いじ》ったせいで、くちゅと濡れた音がした。

「あ、あ、も……やだよ」

情けないことに比呂はあまりに呆気《あっけ》なく、馨の手の中で達してしまったのだ。

「……も、最悪」

こぶしで馨の胸をどんと叩くと、馨は興奮を隠そうともせず、紅潮した顔で比呂に迫ってくる。

「なんでだよ。俺は最高。比呂、可愛い」

「だって、俺だけこんな……恥ずかしいだろ！」

ついでにもう一発叩いてやると、真顔のままで馨はジーンズの前を開き、自身のボクサーパンツを下ろした。

「比呂だけじゃないって。俺なんかもう、可愛い比呂見てただけで、先っぽぬるぬるになってるのに」

「……あ」

その言葉は嘘ではなく、馨のものはいまにも弾けそうに硬く張り詰め、濡れだしている。

「そんな、じっと見んなって。いっちまったらどうするんだよ」

他人の興奮した性器をいままで目にしたことがないから、注意されても比呂は目をそらせない。

比呂のものとは大きさも形もぜんぜんちがう、馨のものだと思うと見入ってしまう。

「待った！」

思わず手を伸ばすと、馨が止めた。そして、自分の手でぎゅっと根元を押さえて、二、三度深呼吸をする。

「あっぶねえ……いっちまうとこだった」

真剣にそんなことを言う馨を、比呂は可愛いと思う。愛しくなってくる。

「馨さん、俺、俺ばっかりが余裕ないんだと思ってたけど」

「余裕なんてあるわけない。こっちはずっと我慢強いられてきてんだぞ。目の前に比呂がいて、指一本出せなくて」

「うん。ごめん。でももう我慢し……なくていいから」

比呂にしてみれば一世一代の誘い文句だ。通じただろうかと上目でちろりと窺う。馨は唇をぎゅっと噛み締めていたが、次の瞬間、比呂に向かって飛びかかってきた。大げさでなく、飛びかかるという言葉がぴったりくるくらいの勢いだったのだ。

口づけも貪《むさぼ》る激しさになり、ついていけずに苦しくなる。酸素を求めて大きく口を開くと、ここぞとばかりに口中をあちこち舐められ、吸いつかれた。

「あ、あぁ、かお……さん」

唇から離れたあとも、身体じゅう隈《くま》なく舌と手を使って暴かれる。比呂が息を詰めた場所は、特に執拗《しつよう》に触られた。

「びっくりするなよ」

ぽつりと洩らされた一言の意味は、すぐにわかった。

馨の唇が、すっぽりと比呂のものを銜《くわ》えたのだ。

「ひっ、あ、うそ……あ、あ、やっ」

不意打ちに比呂は驚き、直後、蕩けた。

「あぁ……んんっ……やだよぉ、や、そんな、すごい……あ、あ、すごぉい、あっ、駄目、だって、吸っちゃ」

比呂を舐め、音を立てて吸う馨の髪に、指を絡める。

気持ちよくて気持ちよくて、腰から下が蕩けて流れ出しそうな感覚に囚《とら》われる。

「あ、あ、いい……馨さ……すご、いぃ」

もういく——。

そう叫びそうになったとき、いきなり快感が去った。馨が離れたせいだった。

「……なんでっ」

思わず責めると、親指で唇を拭った馨は、いま以上に大きく比呂の脚を割ってきた。

「な、なに?」

聞いても答えは返らない。その代わり、馨の指が、性器を通り越して後ろに触れてきた。

「ぅわ……や、や、そんな、ところ」

初めから大胆に動く指に翻弄される。

「比呂だって知ってるだろ?　身体の内側にだって性感帯はあるんだよ」

「で、でも、き、気持ち悪いって……っ」

もとより知らないわけではないし、この場所を使ってセックスをするという話も知識としてある。が、頭で理解しているのと、実際に体験するのとでは大違いだ。

「けど、比呂、もう挿《い》れた」

「あ」

馨の言うとおり、指が中を辿ってくる。生々しい感触に、比呂はただうろたえるばかりだ。

「ぬ、抜い……わ、なにこれ……なにか、塗った?　……う、動か……」

「ただの潤滑剤。比呂のここ、濡らして緩ませるためにしょうがないんだ。痛いのやだろ?」

馨の意図はわかっているつもりだった。ただ、いきなりの展開に気持ちがなかなかついていかなかった。

「やだけど……なんでそんなの、持ってる、わけ?」

「そりゃ、いつなにがあっても大丈夫なように買っておいたに決まってるだろ」

当然とばかりに言われるが、比呂にしてみれば十分驚くべきことだ。

「な……にそれ……あ、そこ、それ、やだっ」

が、すぐにそれどころではなくなった。痺れるような感じがして、驚いてやめてほしいと訴えたのに、やめるどころか馨はそこに執着する。

「や、やだって……やめ……うぅ、んっ」

「比呂も嘘つきだな――いいくせに」

「よ……よくなんて……あぅぅっ」

変だ。

こんなの変に決まっている。

潤滑剤のせいであまり痛みを感じないのはわかるとしても……どことなくむず痒《がゆ》いというか、痺れるというか、疼く感じというか……とにかく奥が変な感じになってきた。

「や、馨さ……あぅぅ、いや、やだ……な、なんか、変っ」

射精する一歩手前の状態が続き、つらくて堪らない。比呂の予想を超えた快感で、いや、快感かどうかすらわからなくて、抗う余裕すらない。

「感じてんだって、比呂」

馨の声もずいぶん遠く聞こえる。

おかしくなったのは耳だけではなく、頭もぼうっとしてきて……熱が出てきたかもしれない。きっとそうに決まってる。熱が出ているから、これほど頭がぼうっとするのだ。

「あぅ……いや、も、あ、あ、うぅぅ……んっ」

「触ってないのに前もこんなにして。比呂、すっげえ可愛い」

「ふ……あ、や……かお……さん」

視界がぼんやりしてきて、馨の姿も霞んで見える。

「堪んない。比呂、挿れていい？　俺、も、我慢きかねえ。絶対痛くしないし。もしかしたら信じられないくらい気持ちよくなるかもしれないし」

声も、耳には届いているのに内容をちゃんと把握できなくなっている。

「うぅぅ、んっ、やぁ……も、やだよぉ」

挿れる？　なにを、どこにだっけ……信じられないくらい気持ちいいって……いまでもかなり気持ちいいのに――。

「も……我慢できね。比呂、頼むから、そのまんまじっとしてて」

「あ、あぅぅ」

ずるりと指が抜けた。直後、思い切り開脚される。

筋が痛いよと、本来なら抗議したいところだが声がうまく出ない。きっとこれも熱のせいだろう。

「あぅぅんっ」

馨自身が押しつけられたときも、比呂にはなにもできなかった。

「……比呂…く……きつっ」

だが、ぼうっとしていたのはそこまでだった。

裂かれるような痛みに、正気に返る。

「い、痛っ……いてて……なんでっ？　あ、あ、いたぁ……馨さ……んっ」

馨がやめてくれないから、一気に痛みはひどくなる。

馨は、比呂を真っ二つにする気だ。

「ごめ、比呂、もうちょっとで全部挿《はい》るから……我慢してな」

「は、挿るって……うぅ……やめ……馨さ……ひっ、挿っちゃだめぇ」

いくら訴えたところでいまさらやめてもらえるはずがなく、馨は構わず、開脚したいだけした比呂の両脚を抱え直して信じられないくらい奥深くまで挿ってきた。

あまりの衝撃に比呂はどうしていいかわからず、馨の肩にしがみつく。

「うぅ、や、も……苦し……」

「比呂、ぜんぶ挿った……俺も苦しいけど、すっごい嬉しい」

額に汗を浮かべた馨が、蕩けそうな笑みを浮かべる。

比呂には、笑い返す余裕なんてまったくなかった。

「な、に言ってんの……っ、こ、こんな……俺が……苦しいに決まってる、だろ……あ、ま、待って……まだ動いちゃ……あぅ」

「ごめ……比呂が締めつけるから、つい」

「締め……つけてなんか、ないっ……わ、わ……嘘っ」

馨に串刺しにされて動けない状態で、比呂は腰を震わせた。馨が比呂の性器を手で包み、刺激し始めたからだ。

「やだ……それも、あ、あ……っ」

「けど、こっち触ったほうが気がまぎれるだろ？　あぁ、ほら——出てきた」

「あ、あぅぅ……」

なにが出てきたのか、確かめる勇気はない。馨の手の中で比呂のものはくちゅくちゅと音を立て始め、それにつれて苦しさも気にならなくなっていく。

また頭がぼうっとしてきて、熱がぶり返してきたみたいだった。

「うわ……すげ、比呂ん中が、俺のに——」

「やだ、あ、あ、や、な、んか……っ」

それだけではなく、むず痒さも疼きも痺れも、すべて同時にぶり返してきた。

「かお、かおるさ……変、やだ、も、やめ……」

唯一動かせる頭を振ったが、馨が髪を撫でてきたせいでその自由さえ奪われる。

「変じゃない、比呂。比呂の中が、俺を欲しがってるだけ。俺も、比呂がすごく欲しくなった」

掠れ声で囁いてきた馨は、比呂の脚をいっそう引き寄せる。自分の大腿《だいたい》に比呂の腰をのせると、揺さ振り始めた。

「あ、あ、あぁ……んっ……あぅっ」

「比呂、比呂」

むず痒いとか疼くとか、そんな生易しい感覚ではない。ずんと、なにかが脳天まで突き抜けて、また戻ってきて、それをくり返されて理性も思考も吹き飛ぶ。

わけのわからない感覚に、比呂は我を忘れた。

内側を擦られ、奥を突かれて、身体の中が溶け出しそうだ。

「かお……さ、や、あぁぁ……んんっ」

「大丈夫、比呂……気持ちいいんだよ。気持ちいいって言ってみな」

「ちが……あ、あぁぁ、やだぁ……」

「可愛い、比呂。わかってないんだ？　こんなに感じて、いきっぱなしなくせして」

「や、あぁぁ――」

馨が動きを激しくしたときも、比呂にはどうすることもできなかった。

自分の身体が自分のものではなくなったような錯覚に襲われる。身体の中心から湧き上がる、どろどろした感覚だけがやけにリアルだ。

「かおるさ……かおるさんっ、どうしよ……変、あ、あ、変にな、る」

「俺も変だから……比呂、一緒に変になろ」

「あ、あぁぁ……んっ、も、だめ……」

「比呂……っ」

「ああ――っ」

この感じをどう言えばいいのだろう。これほどの経験はそうそうあるものではない。目の前が真っ白になり、深い深い落とし穴にストンと落ちた感覚だ。そんな中でも、瞼《まぶた》の裏に馨の苦しげで色っぽい顔だけはなぜかはっきりと焼きついていて、それが不思議だった。ようするに比呂は、まったく普通の状態ではなかったのだ。


瞼を上げたとき、真っ先に目に入ってきたのは馨の顔だったが、馨はひどく心配そうな表情をしていた。

「比呂、平気か」

普段の比呂なら、そんな顔をするくらいなら、無体なことをしなかったらよかったのにと悪態のひとつもついていたはずだが、いまはできない。なぜなら――。

「は、挿ってる……まだ挿ってる！　なんで？」

比呂にしてみれば衝撃だったのに、馨は笑顔ひとつで片づけようとする。

「え、あ、ごめん。なんか去り難くて」

おまけに。

「……んで、おっきくすんだよ」

ひとの中で堂々と存在を示しだしたのだ。

「だって、比呂可愛いし」

「またそういうこと……あ、嘘っ…また大きくな……んっ」

これ以上好きにされたら明日起き上がれなくなると思って抗議したが、馨はやっぱり蕩けそうな笑みひとつではぐらかし、比呂の頬に口づけてきた。

「愛しちゃってるんだから、仕方ないだろ」

「…………」

「も一回していい？」

「…………」

「なあ、比呂。ふたりでもう一回愛を確かめ合お？」

ドラマだったら、笑ってしまうくらい陳腐な台詞だ。でも、馨がこういうひとだということは、比呂もよくわかっている。

「比呂、俺の愛を受け止めてくれ」

ただ、自分がくさい台詞でときめいてしまう人間だとは知らなかったが。

「か……おるさんの」

こうなったら、どうにでもなれだ。根性でのりきってやる。

「馨さんの、好きにすればいいじゃん」

「——比呂！」

数時間後、比呂は己の軽率さを厭というほど後悔することになるのだが、もちろんこのときは知る由《よし》もない。

馨はロクデナシだと思っていたけれど、むしろケダモノだったのだと身をもって知るはめになったのだ。

6

「はいはい、お邪魔しますよ」

ノックとともに、にこやかな笑顔を振り撒きながら加藤がドアを開けた。

その両手には重そうな紙袋があるが、加藤自身は少しも重さを感じていないように見える。それもそのはず、紙袋の中身は加藤にとって、町のみなにとって重大なものだった。

「いや〜、こんなにも署名が集まりました」

嬉しそうな加藤に、こちらも笑顔になる。

「すごいですね。例のラブホテル反対の署名ですよね」

「そうなんですよ。町民はもちろん、その親戚縁者。隣接する市民の方々。みんなこの天神町をこよなく愛してくださっているのだと、今回のことで私もいたく感激した次第です」

加藤の働きには頭の下がる思いだ。

一軒一軒玄関先まで足を運んで、署名を集めたと聞いている。

「馨くん。お願いしますよ。天神町、みんなの気持ちです」

そんな加藤に、馨はしっかりと頷いた。

「わかってます。俺も精いっぱい頑張らせてもらいますから」

ショッピングモールの件はいたって順調のようだ。先日の入札で町内の原田《はらだ》組が受注することに決まったと、つい一昨日回覧板が回ってきた。

町内全体が俄かに活気づき、町民全員、期待に満ちあふれている。

年寄りの中には町が変わることを恐れていまだ反対する声もあるようなのだが、きっとこの町は大丈夫だろう。

町のよさを残しつつ発展し、過疎化にストップがかかれば言うことはない。なおかつ町にお金が落ちてくれれば、これほどいいことはないのだ。

「つくづく馨くんが町に戻ってきてくれてよかったと、感謝しています」

加藤の賛辞に、馨が頭を掻く。

「いやいや、俺なんてまだまだです」

「そんなことはないですよ。馨くんが町のために本当に頑張ってくれていることは、この町のみんなが知ってますよ」

「まいったな」

加藤からすれば、馨も孫みたいなものなのかもしれない。

「ところで馨くん、町長の風邪の具合はどうですかな」

どうしたことか、加藤のにこやかな問いかけに、これまでの上機嫌はどこへやら馨は苦い表情で黙り込んだ。

「過労が祟《たた》ったんでしょうねえ。町長というのはそれはそれはもう激務ですから」

加藤自身は気にした様子もなく、涼しい顔で言葉を重ねていく。

「こういうときこそ、家族のサポートが大事ですからね。きっと町長も――」

「加藤さん」

耐え切れなくなったのだろう、苦虫を噛み潰したかのような顔で馨が加藤を制した。

「十八のときに勘当されて以来、俺が実家の敷居跨いでないの知ってて、そういうこと言ってるでしょう」

もちろんですと加藤は頷く。

「町のためにも、一刻も早く仲直りしてほしいと、私はいつも思ってますよ」

ふたりの会話を耳にしながら、比呂は首を傾げた。

馨が家を飛び出したことは以前に聞いた。でも、いまは町長の話であって、馨の件とはなんら関係ないはずだ。

待てよ。

確か天神町の町長の名前は、東雲――。

「……嘘！　馨さんのお父さんって、町長さんだったんだ？」

身を乗り出すと、馨はますます厭な顔をした。

「だからその話をするなって。あのクソ親父、この前擦れ違いざまに横目をくれて鼻で笑いやがった。いまに見てろよ」

「お父さんが町長で、お兄さんは町議会議員」

思わず呟くと、その先を加藤が続ける。

「ついでに言えば、お祖母《ばあ》さんはこの町で初めて女性の教育長になったひとですよ。お母さんはいまでも役場の助役として現役ですし。ね、馨くん」

思った以上に東雲家というのは、この町の名家なのだ。

「なんだか、そうすると馨さんだけショ……」

ショボイと口を滑らしそうになって、咄嗟に手で押さえる。さすがにまずいと思ってやめたのだが、どうやら馨には比呂の言おうとしたことがわかったらしい。

「どうせ俺はショボイよ。はみ出しモンだよ」

ちぇっと舌打ちをする。

反して、その顔には少しの焦りもないし、むしろ満足そうだ。

「はみ出し者というには、あまりに素敵なはみ出し者ですがね」

加藤もにこにこと笑っている。

「いいんじゃないの？　はみ出しモンでも」

ふたりを前にして、比呂も嬉しくなった。

やっぱり馨はこうでなければ。

馨に難しい肩書きは似合わない。

「馨さんは馨さんだもんね」

なぜなら大切なのは肩書きなどではなく、どんなときでも揺るがない強い信念。心意気なのだ。

「ひろりん！　俺はずっとひろりんのものだよ」

「わ、わ。馨さん！　離し……加藤さんがまだっ」

だから比呂も、腹を括る。

馨の心意気に惚れ込んだ以上、馨の愛してやまないこの天神町の一員になって、心から愛してみようかと思うのだ。

Maybe Surprise

「そこに座ってください」

畳の上に正座をした比呂《ひろ》は、緊張のためにごくりと生唾《なまつば》を嚥下《えんか》してから、コーヒーを淹《い》れ始めた馨《かおる》の背中に向かって声をかけた。

「ちょっと待ってな。すぐコーヒー持ってくから」

比呂の強い意志には気づかず、馨はいつもどおりにこやかな返答をする。普段の比呂ならば、「すみません」と言って待つのだが、今日ばかりはそういうわけにはいかなかった。このチャンスを逃したら、次はいつ切り出す勇気が湧くか、自信がない。

「馨さん、いますぐお願いします」

強い口調でもう一度座るよう促すと、さしもの馨もただ事ではないと察したらしい。すぐさま振り返り、比呂が示した場所――正面にやってきて同じように正座をした。

「なにか、困ったことでもあるのか？」

整った顔が、心配そうに曇る。馨はずいと距離を縮めると、膝頭《ひざがしら》をくっつけてしまってから比呂の手を取った。

「なんでも言ってくれ。比呂と俺の仲じゃないか」

「…………」

真剣な表情で詰め寄られると、かえって言いづらくなる。いや、もちろん比呂は大真面目なのだが、満智《まち》の言葉を思い出すとどうしても戸惑ってしまうのだ。

あれは、十日前のことだった。

夕飯に呼びにきた満智が、

――ところで比呂さんは、兄貴の誕生日にはなにをプレゼントするつもりなんすか。比呂さんのことだから、きっとすげえサプライズでもって兄貴を喜ばせるんでしょうねえ。俺も楽しみっす。

満智がどういうつもりでハードルを上げてきたのかはわからない。が、馨の誕生日すら知らなかった比呂には衝撃的な一言だった。

――な、内緒だ。

男として恋人の誕生日を知らなかったとは言えず、つい見栄を張ってしまった。もちろん、サプライズなんて一度もしたことがないし、そもそもその手のセンスが皆無なのでどうやったら馨が喜んでくれるか、十日間考えに考えたあげく、結局なにひとつ案が浮かばなかった。

馨は町の人気者だ。

誕生日ともなれば、老若男女関係なくいろいろなひとからプレゼントをもらうだろう。仮にも恋人である比呂の贈り物が他人からの物よりしょぼかった、なんて絶対にあってはならない。

となれば、直接本人に聞くしかなかった。よけいな真似をして失望されるより、聞いてしまったほうがいい。それが、比呂の出した答えだったのだ。

もう残された時間は少ない。

馨の誕生日は明後日《あさって》に迫っているのだから。

「比呂、俺は、なにがあろうと比呂の味方だ」

馨がぐいと顔を近づけてきた。じっと見つめられて、睫毛《まつげ》を伏せた比呂は躊躇《ためら》いながら切り出した。

「その……馨さんは、俺になにをしてほしい？」

「え」

以前にも同じような質問をしたが、あのときとは意味合いも状況もちがう。いまはなにしろ恋人同士だ。

比呂の質問が意外だったのか、馨が目を瞬《しばたた》かせる。じっと見つめてきたかと思えば、うっすら頬《ほお》を赤らめて照れくさそうに頭を掻《か》いた。

「なにしてほしいって――大胆だな、比呂」

馨が照れると、比呂まで恥ずかしくなってくる。確かに、この言い方はおかしかったかもしれない。なにをしてほしいかなんて、なんでもしてあげると言っているも同然だ。

「あ、断っとくけど、変な意味じゃないから」

慌てて訂正した比呂に、馨の目が心なしか輝いたように見えたのはどうやら気のせいではなかったらしい。

「変な意味って？　たとえばどういうのが変？」

そう聞いてきた馨の鼻息が荒くなる。比呂を見てくるまなざしにも熱がこもる。じりっとさらに近づかれて、比呂は上半身を退いた。

「だから……いまの馨さんみたいな感じが変」

普段の馨はさわやかだし、頼りがいもあるのだが、ときどき比呂が困惑するほど変になる。とても他人には見せられない表情で、恥ずかしい台詞《せりふ》を口にするのだ。しかも言葉ではすまず、実行に移したがるからなおさら困る。

「わかってないな。俺が変だとすれば、それは比呂のせいなんだって。比呂が俺を変えてしまうんだ」

出た。

よく恥ずかしげもなくこんなことを言えるものだ。比呂にはとても真似できない。

「だから俺は、変だって言われてもいい。せっかく比呂が俺の望みを叶えてくれようとしているんだから、ここは正直になろうと思う。俺は――」

「待って！」

何度もシミュレーションしてきたのに、やはりその場になると恥ずかしくてたまらない。じつのところ「なにをしてほしいか」と馨に問えばどんな答えが返ってくるか、ある程度予想はついていた。チュウをしてくれと迫ってくるような馨だから、なんでもいいなんて言ったら、いっそう過激な返答になるにちがいない、と。

比呂から●●してくれ。

比呂が××して、△△してくれたら最高だ。

頭の中でいやらしい単語を思い浮かべた比呂は、かあっと頬を熱くした。赤面しているだろう比呂の両手を、馨が取った。

「待つよ。待たなくてよくなったら、言って」

「………」

きらきらと期待のこもったまなざしを比呂に向け、言葉どおり口を閉じて待っている馨に、比呂はいっそう動揺する。

素直になれば、比呂にしても馨を憎からず、それ以上に想っているのだ。間近で見つめられて平静でいられるわけがなかった。

頬は熱くなる一方だし、鼓動は速くなるし、背中にはじわりと汗まで滲《にじ》んできた。もとより、断じて比呂はそういう意味で持ちかけたのではない。馨がいやらしい要求をしてきたときは、きっぱりと拒否するつもりだった。

しかし、好きなひとと手を取り合っているのになにもせずにいられるほど清らかな人間でもない。ひとまず質問は置いておいて、キスくらいしようかという気になってくる。

形のいい馨の唇を凝視し、そのやわらかさやあたたかさを思い出して、居ても立ってもいられない心地になった。

いや、我慢する必要はないのだ。

恋人同士がふたりきりでいるのだから、キスしたくなったらしてもいいはずだろう。

「……馨さん」

自分からもぎゅっと力を入れて馨の手を握り締めると、腰を浮かせ、馨の唇を目指して顔を近づけていった。

「兄貴～、例の件っすけど」

案の定と言うか、お約束と言うか、唐突にドアが開く。ノックもせずに入ってきたのは、もちろん満智だ。

満智のタイミングの悪さについては、いまさらどうこう言う気はない。いい雰囲気を邪魔されたことは、これまでにも何度かある。

ドアに施錠しなかった馨を責めるつもりもなかった。住民みなが家族のような関係なので、ほとんどの家は玄関に鍵をかけておらずいつでも他人の家に出入りできるようになっている。

それゆえ、比呂が引っかかったのはただひとつだ。

「あ」

満智は馨ではなく比呂を見るなり、しまったという顔をしたのだ。すぐに回れ右をして出ていこうとした満智を、比呂は呼び止めた。

「例の件って、なに？」

満智がなにか隠し事をしているのは明らかだ。比呂には知られたくなかったのだろう、満智の瞳が左右に動く。

「え。なにって……べつに、その、言うほどのことじゃないっていうか……言ったら怒られるっていうか」

しどろもどろの言い訳を聞いて、今度は満智ではなく馨に向き直った。

「どういうことなのか、話してくれないかな」

満智が怒られると言っているのは、間違いなく馨にだ。しかし、馨はまだ惚《とぼ》けるつもりなのか、笑顔でかぶりを振る。

「なんだろうな。満智の奴、まだ寝惚けてるんじゃないか？」

ははは と声まで上げた馨に同調せず、比呂はじっと見据える。今後のためにもうやむやにするつもりはなかった。

「あー……」

やっと比呂の本気が通じたらしい、馨がばつの悪い表情になる。かと思えば、いきなり両手を膝に置き、比呂に向かって頭を下げた。

「ごめん。じつは、俺が満智に頼んだんだ。俺の誕生日をそれとなく比呂に教えてほしいって。比呂のことだから、きっと俺を喜ばせようと一生懸命考えてくれるんだろうなって――

毎日想像してにやにやしてた」

拍子抜けした、というのが本音だ。

謝られる理由はない。あとから誕生日だったと知るより、教えてもらってよかった。にやにやしていたということに関しても、自分だってそうなるだろう。が、満智を使った事実はやはり納得できずに、比呂は唇をへの字に曲げた。

「馨さんが自分で言えばよかったじゃないか」

満智に頼らず、馨が自分で教えてくれればよかった。そうしたら、比呂にしても素直にプレゼントを用意したにちがいない。なにがいいかと頭を悩ませて、結果的に同じ台詞を口にしたかもしれないが、第三者が間に入ってしまうとどうしても騙されたような気分になるのだ。

「本当にごめん。それに関しては、俺が悪かった。比呂を驚かせたくて、回りくどい真似をしてしまった」

「俺を、驚かせたくて？」

意味がわからず、馨を窺《うかが》う。サプライズは、本来誕生日を迎える馨のために準備されるものであって、比呂が驚いてもしようがない。

首を傾げた比呂に、馨はこほんと咳払《せきばら》いをした。

「満智、おまえ、帰っていいぞ」

そういえばまだ満智がいた。うっかり痴話《ちわ》げんかを見せてしまった決まりの悪さからなおも仏頂面《ぶっちょうづら》を作った比呂だが、満智は慣れたものだった。

「仲直りしてくださいね」

深々と一礼して、急いでドアの向こうへと消えていった。

またふたりきりになると、さっきと同じように馨が比呂の手を取った。

「比呂、俺の望みを叶えてほしい」

いまさらなにをと、心中で返す。誕生日だし、持ちかけたのは自分なのでできる範囲で応《こた》えようと思ってはいる。とはいえ、無茶な注文は拒否するつもりだ。

ようするにチュウまでは許容範囲でそれ以上のプレイはお断り、なのだ。

「俺と一緒に住んでくれないか」

けれど、この一言は予想していなかった。確かに、以前部屋の間の壁を壊したいという話が出たが、それとはちがう。馨の気持ちの深さは、どこからともなく取り出した不動産会社の資料でわかる。いずれも2LDKで、風呂付の物件だった。

「今度の休みに、一緒に内見しに行こう。正直言って、俺はどこでもいいんだ。比呂とふたり、一緒に暮らせれば」

はにかんだ馨に、比呂の心臓は一気に高鳴る。息苦しいほどになり、我慢できずに比呂は口を開いて大きく息を吸い込んだ。

「どうかな、比呂。承知してもらえるかな」

期待に満ちたまなざしを向けられ、すぐには答えられない。返事に迷ったからではなく、感激したためだった。

エッチな要望を聞かされるとばかり思い込んでいた自分は愚かだった。馨はふたりのことを真剣に考えて、逆サプライズをしてくれたのだ。

「馨さん、俺——」

嬉しいと続けようとしたのに、またしても邪魔が入った。

「兄貴、ふたりなんてひどいっす。俺も一緒に住みたいです。三人で住みましょうよ～」

比呂の部屋にいて一言一句聞いていたのだろう、涙目で部屋に入ってきた満智が、比呂と馨の手の上に自分の手を重ねた。

「俺だけ除《の》け者にすることないでしょう。次の休み、俺も内見に行きますから」

他の人間なら、冗談だと思うところだ。でも、満智が冗談ではないことは、数ヶ月のつき合いの比呂にだってわかる。

「てめえ」

満智の手を振り払った馨が、怒りに震えながらすっくと立ち上がった。

「なに割り込んできてんだよ。よくも俺の一世一代のプロポーズを台無しにしてくれたな。覚悟はできてるんだろうな、満智」

怒って当然だ。今日ばかりはがつんと雷を落としてやるべきだろう。眦《まなじり》を吊《つ》り上げてこぶしを握った馨に同意し、頷《うなず》いた比呂だったが、すぐにそれどころではなくなった。

大事なことに気づいたからだ。

「……一世一代の、プロポーズ」

馨が口にした台詞を反芻《はんすう》して、頬どころか身体《からだ》じゅうの血液が沸騰したかのように熱くなる。どくどくと早鐘のごとく心臓は脈打ち始め、咄嗟《とっさ》に両手を胸へとやった。

馨は町じゅうの女性にプロポーズして回るような男だ。当然、比呂も何度かされたことがある。でも、それらといまのプロポーズがまったく別ものだということくらい、確かめてみるまでもない。なにしろ一世一代なのだから。

「満智、てめえ、そこになおれ」

「だって兄貴。俺だって一緒に暮らしたいんすよ〜」

「まだ言うか。邪魔ばっかしやがって」

どたんばたんとじゃれ合う馨と満智に目をやる。ちょうど満智が、馨に関節技をかけられたところだった。

「痛い……っ。兄貴、痛いっすよ〜」

「当たり前だ。痛くしてんだからよ。これに懲《こ》りたら、邪魔するんじゃねえ」

なんのかの言っても馨と満智は仲がいい。満智が馨を慕っているのと同じくらい、馨も満智を可愛《かわい》がっている。文句を並べつつも満智のご飯をちゃんと作るのもその現れだ。

「いたたたたた！　兄貴、ギブ、ギブっす」

普段は比呂も、そんなふたりをほほ笑ましく思っている。羨ましくなるときすらある。

でも、いまは駄目だ。

いまはじゃれ合うふたりを見過ごせるほど寛容にはなれない。人生においての一大イベントなのに、どうしてプロレスごっこなんて見せられなければならないのか。

「帰ってくれないかな」

静かに、けれど、きっぱりと言い放った。

「え」

畳を叩《たた》いていた手を止め、満智が比呂へ無邪気な目を流してきた。

「もう一回言う。『帰ってくれ』」

満智と視線を合わせ、いますぐと言外に告げる。さしもの満智にも比呂の本気が伝わったらしく、びくりと肩を跳《は》ねさせた。

「……お、俺、帰ります」

満智はすぐさまそう言ったのに、当の馨がなにも察してくれない。

「うるせえ。おまえには一回、びしっと言ってやらなきゃいけなかったんだ」

比呂を放置して、なおも満智の脚に深く脚を絡めにかかる。

「いたたたた。あ、兄貴、やばい、やばいっす」

比呂をちらちら窺いながら満智が止めても、

「やばくしてるんだから、やばくて当然だろ」

馨はプロレスごっこに夢中だ。プロポーズの邪魔をした満智へのお仕置きというより、満智とじゃれ合うためにプロポーズをしてきたのではないかと疑うほどだった。

「食らえ。四の字固め」

いまお仕置きが必要なのは、満智ではなく馨だろう。

「い、いや……やばいのは、兄貴が……」

満智が頬を引き攣《つ》らせた。

ここまで来てようやく気がついたのか、比呂を見た馨が瞬時に顔色を一変させた。

「比呂――」

「いっそ満智とふたりで住めばいいんじゃないの」

言い訳無用とばかりに、馨の言葉をさえぎる。馨は、まるで著名な絵画を模したかのごとく両手を自分の頬にやり、口を大きく開くと、勢いよく首を横に振った。

「なに言ってるんだ、比呂。新婚家庭を築くんだぞ。そんなこと言うなんて、比呂こそその覚悟がないんじゃないのか」

「…………」

ごまかされるものか、と思っているのに、やはり胸がときめく。比呂にしてもけっして満智をないがしろにしているわけではないのだ。

「俺は……あるよ。ただ、こんな大事な場面で馨さんが満智とじゃれたりするから」

顔をしかめた比呂に、馨が普段は見せないような男前の顔をして歩み寄ってくる。

「満智は弟同然だから、つい甘くなっちまうんだ。比呂の言うとおり、大事なときに満智を構った俺が悪いな」

ごめん、と謝りながら比呂の髪に触れてきた。優しい手つきで撫《な》でられると、いままでの不快感が嘘《うそ》みたいに消えていった。

「わかってる。俺もむきになって悪かったよ。たぶん、馨さんと満智が仲がいいから、疎外感を覚えたんだと思う」

実際、当たらずとも遠からずだった。馨と満智の仲のよさは傍《はた》から見てもよくわかる。

「比呂」

髪を撫でていた馨の手が、頬に添えられた。

「ばかだな。満智なんかに妬《や》くことない。俺が好きなのは比呂だけだ。新居に引っ越したあかつきには、みんなに挨拶《あいさつ》回りしないとな」

「うん……え」

馨の甘い声にうっとりして、つい頷いてしまったあとではっとした。同居はまだしも、挨拶回りなんてできるわけがない。いったい、なんと挨拶するというのだ。

比呂の困惑を知ってか知らずか、馨は端整な顔に蕩《とろ》けそうな笑みを浮かべて、親指を立てた。

「お互い親の了承を得るのは時間がかかりそうだろ？　だから、せめて形だけでもはっきりさせたいよな」

「……はっきりって？」

「だから、俺たちの関係をさ」

馨がまた笑う。

が、比呂は笑えない。本来ならば誰にも知られてはいけない内緒の関係なのに、馨がなにを考えているのか、さっぱりわからなかった。

「愉《たの》しみだな、比呂」

満面の笑みの馨の手を、比呂は押しやった。

「……そんなの、駄目だ」

馨が比呂に「好きだ」とか「可愛い」とか公衆の面前で言ってもみなが好意的なのは、仲のいい友人同士だと思っているからであって、事実を知ればきっと白い眼で見られるに決まっている。どうしてわざわざ波風を立てなければならないのか、比呂には理解できない。

「なにが駄目なんだ？」

馨は不思議そうに比呂を見てくる。

なんでいちいち説明しなきゃいけないんだと苛立ちを覚えながら、比呂は言葉を重ねた。

「なんでって、それはこっちの台詞。べつにみんなに知らせる必要ない。表向きは単なる友だちってことにしておいたほうが、馨さんも俺もなにかと都合がいいだろ」

口早にそう言うと、途端に馨がぶすっと唇を尖《とが》らせ、腕組みをした。

「納得いかねえ。めでたいことなのに、なんで嘘をつく必要がある」

「めでたいのは、相手が女性の場合だから」

まだ言うかと睨《にら》みつけても、馨は納得できないのか眉間《みけん》の皺《しわ》を深くする。

「いい伴侶《はんりょ》を得て幸せになるのに、男も女も関係ない。俺はなんら後ろめたいところはないぞ。むしろ誇らしいくらいだ」

胸を張る馨を、わからずや、と内心で責めた。馨のストレートな言葉は嬉しいし、ありがたいとも思うが、世間はそう甘くないのも事実だ。

「俺は厭《いや》だ」

教え子の親御さんたちに非難されるのがなにより怖い。うちの子どもを任せられないと言われた日には、二度と立ち直れなくなるだろう。

「俺は、町のみんなを家族と思っているんだ」

だから嘘はつきたくない、と馨が続ける。

「馨さんはどうか知らないけど、俺は誰にも内緒にするつもりだから」

比呂も譲れないので断言すると、馨は渋面のまま唇を引き結んだ。いつもならすぐに折れてくれるのに、この件に関しては容易《たやす》く退こうとしない。

だが、比呂にしても自分が間違っているとは思えなかった。

ふたりとも押し黙り、室内が重い雰囲気に包まれる。誕生日のサプライズどころではなくなった。

「あのう」

すっかり存在を忘れていたが、まだ部屋にいた満智が空気を読まずに口を挟んできた。

「おまえは黙ってろ」

「満智は黙ってて」

いくら弟同然の間柄であろうと、この件に関して満智の意見を聞くつもりはないと口調に込める。しかし、満智が割って入ったのは、意見を言うためではなかった。

「お邪魔ならあとで出直しますよ」

区長の加藤《かとう》が訪ねてきたからだ。まさか加藤を追い返すわけにもいかず、

「なんでしょう」

息をひとつついた馨が、いつもどおりの笑顔で迎え入れた。正直になれば、加藤にも険悪なムードを察して退いてほしかったものの、それは比呂の我《わ》が儘《まま》に他ならない。

「じつは、明後日のお誕生日に先んじて、いつもお世話になっている馨くんの誕生日会をしようとみんな集まっているんです。あとは、主役である馨くんと安曇野《あずみの》先生が来てくださるのを首を長くして待ってます」

しかも、まさかのサプライズだ。

いまの比呂にとっては、喜べないサプライズだった。

加藤を始め、みなの好意をむげにするわけにはいかないが、今日はタイミングが悪い。満智並みの悪さだ。とても一緒に馨の誕生日を祝う気分にはなれずに、比呂は目を伏せた。

「あ、すみません。俺はちょっと用事があるので、みなさんで愉しんでください」

辞退し、頭を下げる。しかし、空気を読まない満智と加藤に、まあまあと強引に外へと連れ出され、強く拒否できないまま公民館へ向かうはめになった。

公民館の引き戸を開けて中に入ると、どうやらみな集まっているようで、三和土《たたき》には何十という靴が並んでいる。いまさら断ることもできずに、ため息を殺して比呂も靴を脱ぎ、やはりどこか気乗りしない様子の馨のあとから広間へと足を進めた。

「さあ、どうぞ」

にこやかな顔で加藤が襖《ふすま》を開ける。

途端に、あちこちでクラッカーが鳴った。

「おめでとう！　馨くん。先生」

「おふたりさん、おめでとう！」

「よかったな、馨。先生！」

続いてあちこちから祝福の声がかかり、同時に拍手で迎えられる。

「いえ。誕生日は馨さんであって、俺はちがいますから」

一緒に祝われてしまった比呂は訂正し、ちらりと馨を窺った。なぜか馨は広間には入らず廊下で立ち尽くし、両目をこれ以上ないほど見開いている。

「馨さん、いったいどう……し……」

どうしたのかと問おうとした比呂は、直後、馨と同じようにその場で固まってしまった。

「満智くんがね、兄貴の誕生日プレゼントにはこれしかないって、そりゃあもう頑張ったんですよ。農作業のあと、毎晩一軒一軒回ってねえ。私は満智くんの熱意に感銘を受けましたよ」

加藤の褒め言葉に、満智が恥ずかしそうに鼻の頭を掻く。

「いや～、兄貴に喜んでほしかったっすからねえ」

この一言に満智の気持ちが込められていた。

満智には敵《かな》わない。満智に一番のサプライズをされてしまったようだ。

誰が書いたのか、正面の垂幕には『東雲《しののめ》馨・安曇野比呂　ご成婚披露宴会場』とある。

「正式なものじゃないですが、手作りの婚姻届を用意させてもらいましたから、ふたりで記入したら役場に提出しに来てくださいね」

本物そっくりに作られた婚姻届を掲げたのは、役場の受付に座っている女性だ。『阿比留《あびる》』のおばさんも、銭湯のおじさんも、皓《こう》や菊池建設の作業員たちも、比呂が誰より知られることを恐れていた教え子の親御さんたちも全員顔を揃《そろ》えていた。もちろん蓉子《ようこ》もいて、その隣には聡《さとる》もいる。

聡は少し複雑な表情だが、蓉子に背中を押されて立ち上がると、花束を手にして歩み寄ってきた。

「カオちゃん、先生、おめでとう」

大人たちに言わされたであろう台詞を口にして、花束を差し出す。

「あ……ありがとう」

混乱したまま比呂が受け取ると、また拍手が沸き起こった。

「なに突っ立ってんだよ、馨はよお」

皓がわははと笑う。それでもまだ動かない馨は、左手を目許《めもと》にやって顔を隠してしまった。

「んだよ、これ。勘弁してよ」

その声は震えている。心なしか肩も小刻みに揺れていて、まさかと顔を覗《のぞ》き込むと背中を向けてしまった。

「おいおい、俺たちのサプライズが嬉しくて泣いちまったってよ。まったく、馨にもまだ可愛いところがあるじゃねえか」

皓の揶揄《やゆ》に、みなが一斉に囃《はや》し立ててくる。ひゅうひゅうと口笛を吹く者もいて、広間はいつなく賑《にぎ》やかになった。

肩を大きく上下させた馨が、手を顔から離した。

「ちがうっての。びっくりしすぎて、鼻水が出ちまったんだよ」

そう言うが早いか、両手を上げていつものようにみなに笑顔を振り撒きだす。

「ありがとう！　ありがとう！」

馨の笑顔を見ているうちに比呂もようやく頭が回るようになり、すでに言い訳の利かない状況だと悟った。

示されるまま馨と並んで上座《かみざ》に腰を落ち着けたものの、手放しで喜んでいいものかどうか迷いがある。果たして、受け入れてしまっていいのか。

「満智に聞いたときは、驚くっていうより合点がいったよ」

葛藤する比呂の傍《そば》にやってきた皓が、グラスにビールを注ぎながら苦笑した。

「あいつ、妙にそわそわしてたもんな。どうせ馨が迫り倒したんだろ？　よく見りゃ先生はまさに馨のドストライクだ」

「……いえ」

ドストライクと言われて、悪い気がしないのだから比呂も比呂だろう。赤面すると、皓は比呂の肩に手を置いた。

「馨のこと、頼むわ。ああ見えて苦労してるし、意外に甘え下手なんだ」

甘え下手とは意外だ。比呂はストレートな言葉で甘えてくる馨しか知らない。怪訝《けげん》な顔をしたのがわかったのか、皓がにやにやと口許を緩めた。

「先生には甘えるってか？　いや〜、先生も惚気《のろけ》てくれるなあ」

まさかこんな返しをされるとは思わず、慌てて否定する。

「そ、そんな、惚気なんて……っ」

皓は信じてくれず、肩に置いた手でぽんぽんと叩いてきた。

「ま、兄貴の分まで幸せにしてやって」

さらなる反論をするつもりだった比呂は、皓のこの一言に口を閉じる。馨の兄の友人だという皓にもきっとなんらかの感傷があるのだろう。馨も、皓も、満智も、誰もが町を愛していて、誰かのために役に立とうと努力しているのだ。

もとよりいまでは比呂もそのひとりだ。

馨の愛している町や住民のために、少しでも役立ちたいと考えている。

隣に座る馨を見る。立て続けにビールを飲んだのか、馨の顔はトマトさながらに真っ赤だ。町のみなに囲まれて幸せそうな馨を見ていると、どうせいまさらだという気持ちになってきた。

町じゅうのひとに祝福されて、披露宴まで開いてもらったのだ。これ以上の幸せがあるだろうか。ここまで来たらもう逃げも隠れもできない。開き直るだけだ。

馨がみなに愛されている証拠だと、改めて比呂は噛《か》み締めた。

「任せてください」

そう答えた比呂に、皓の目がやわらかに細められる。

「あ。皓さん。俺のひろりんになにしてるんだ」

急にこちらを向いた馨が、比呂の肩にある皓の手を払った。

「やきもち焼きの亭主だなあ」

笑いながら皓が去っていく。代わりに馨は満智を傍に呼んだ。

「おまえはいい弟だよ。ありがとな」

今日ばかりは比呂も馨に同感だった。日頃はいろいろあるが、満智が兄貴思いであることは比呂もよく知っている。

馨に褒められて、おいおいと男泣きをする満智に、比呂も礼を言った。

「ありがとう、満智。なにか礼をしなきゃな」

今後は多少タイミングが悪くても文句は言うまい。と、隙《すき》を見せたのが間違いだった。ぴたりと泣くのをやめた満智が、いきなり広間じゅうに響き渡る声で宣言した。

「兄貴と比呂さんの新居に、俺も一緒に住みます!」

東雲馨♥安曇野
ご成婚披露

「は？」

冗談じゃない。いくら感謝していようと、そんなこと絶対に認めるわけにはいかない。

「おまえ、なに言ってるんだよ」

比呂の心の声を代弁するかのように、馨が即座に却下する。

だが、場が悪かった。

町じゅうのひとが集まっている、めでたい酒宴の席だ。酔っ払い相手に常識が通用するか、考えてみるまでもなかった。

「よかったな、満智」

「馨は太っ腹だよな」

「三人で仲よく暮らせよ」

あっという間に話はまとまってしまった。

「言ったもの勝ち」という言葉を、今日初めて比呂は痛感する。

「ありがとう！　俺、兄貴と比呂さんと幸せになります！」

結局、一番祝われたのは満智というどうにも釈然としない披露宴になってしまったが、すべては後の祭り。酒宴が終わる頃には新居まで決まり、馨と比呂、そして満智は「男夫婦とその弟」と全町民公認になってしまったのだ。

あとがき

こんにちは。初めまして。

新装版『Maybe Love』をお届けできて、とても嬉しいです。当時も陸裕先生のイラストが可愛くて、ごろごろした憶えがありますが、今回、新たなふたりを見られるとのことで、いまから愉しみでなりません！

なんという贅沢。

陸裕先生、本当にありがとうございます！　いまから本になって目にする日が待ち遠しいです。下絵を拝見しただけでどきどきしました。

今年は諸事情ありまして半年ほど馬車馬のごとく働きましたが、このあとがきを書いているいまは通常運転に戻ってます。

身体にも心にもちょっと余裕ができたので、どこか温泉にでも行きたいなあといろいろ考えているところですよ。

基本おたくなのでやりたいことはいっぱいです。ゲーム、映画、海外ドラマ鑑賞、あと、溜め込んだ本も読みたい、とか。

なにしろゲームだけでもかなりの日数を要するので、時間がいくらあっても足りません。月日って、あっという間に過ぎていきますよ。

この本が発売される頃には、今年も残り四ヶ月半となっていますが、きっとすぐに年末が来るんだろうなあ、なんて毎年夏の終わりが近づく頃にはしみじみしてしまいます。

さておき、『Maybe Love』は、小さな町に赴任してきた小学校の先生と、その先生に一目惚れした町役場に勤務している雑務・処理係という公務員カップルのお話です。

狭い町なので、なにかあるとすぐに町じゅうの知るところとなり、最初はそれを窮屈に感じていた受が徐々に馴染んでいくと同時に恋までしてしまった、という感じでしょうか。

ジャンル的には、たぶんほのぼのラブコメになるかと思います。当時を懐かしく思いつつ、四苦八苦しながら文章に手を入れましたので、お手にとってくださるととても嬉しいです。

陸裕先生の新しいイラストですし！

イラストの先生や担当さんを始め、編集さん、営業さん、書店さん等、多くの方のおかげでこうやって本を出せるのだなあと、最近また改めて噛み締めているところです。

なにより、お手にとってくださる読者さんがいらっしゃるからこそです。本当にありがとうございます！

今後も、まったりとおつき合いいただけると幸せです。

またどこかでお会いできることを祈って。

高岡ミズミ

✦初出　Maybe Love……………ラキアノベルズ「Maybe Love」（2002年8月）を加筆修正
Maybe Surprise………書き下ろし

高岡ミズミ先生、陸裕千景子先生へのお便り、本作品に関するご意見、ご感想などは
〒151-0051 東京都渋谷区千駄ヶ谷 4-9-7
幻冬舎コミックス　ルチル文庫「Maybe Love」係まで。

幻冬舎ルチル文庫

Maybe Love

2013年8月20日　第1刷発行

✦著者　高岡ミズミ　たかおか みずみ

✦発行人　伊藤嘉彦

✦発行元　株式会社 幻冬舎コミックス
〒151-0051 東京都渋谷区千駄ヶ谷 4-9-7
電話 03(5411)6431［編集］

✦発売元　株式会社 幻冬舎
〒151-0051 東京都渋谷区千駄ヶ谷 4-9-7
電話 03(5411)6222［営業］
振替 00120-8-767643

✦印刷・製本所　中央精版印刷株式会社

✦検印廃止

ISBN978-4-344-82908-4　C0193　Printed in Japan